19.8.

Lissy im Schnee

Maren von Klitzing wurde 1964 in Hamburg geboren. Sie hat als Redakteurin eines Kinder-Umweltmagazins gearbeitet und schreibt seit 2001 Bücher für Kinder. Mit ihrer Familie lebt sie in Hamburg.

Axel Dissmann wurde 1966 in Hamburg geboren. Nach seinem Grafikdesign-Studium in Hildesheim gründete er in Hamburg mit seinem Partner Wolfgang Nixdorf »Waterkant«, die Werkstatt für Grafik und Farbdesign. Er lebt heute mit seiner Familie in der Nähe von Hamburg.

Maren von Klitzing

Lissy im Schnee

Detektivgeschichten zum Mitraten

Mit Illustrationen von
Axel Dissmann

CARLSEN

Außerdem von Maren von Klitzing
im Carlsen Verlag lieferbar:
Lissy löst den Fall

FSC
Mix
Produktgruppe aus vorbildlich
bewirtschafteten Wäldern und
anderen kontrollierten Herkünften

Zert.-Nr.GFA-COC-1278
www.fsc.org

Originalausgabe
Veröffentlicht im Carlsen Verlag
Dezember 2005

Lektorat: Wiebke Andersen
Umschlagbild: Axel Dissmann
Umschlaggestaltung: Kerstin Schürmann, formlabor
Corporate Design Taschenbuch: Dörte Dosse
Gesetzt aus der Minion von Dörlemann Satz, Lemförde
Druck und Bindung: Ebner & Spiegel, Ulm
ISBN-13: 978-3-551-35412-X
ISBN-10: 3-551-35412-9
Printed in Germany

Mehr über Lissy findest du unter: www.Lissy-loest-den-Fall.de

Inhalt

Lissy im Schnee

Viel zu früh!

O nein! Lissy kniff die Augen zusammen und starrte auf den Wecker. Es war erst sechs Uhr vierundfünfzig. Eindeutig zu früh für einen Sonntagmorgen. Lissy vergrub den Kopf unter dem Kissen und versuchte es mit Schäfchenzählen, das sollte ja bekanntlich müde machen. Sie schloss die Augen und stellte sich eine Wiese vor, auf der Schafe über einen Zaun hüpften. Doch die Schäfchen wurden plötzlich zu Sträflingen, die einer nach dem anderen über das Hindernis sprangen. Die sind bestimmt aus dem Gefängnis ausgebrochen, überlegte Lissy im Halbschlaf. Es war eben zwecklos, an harmlose Schafe denken zu wollen, wenn man eine angehende Kriminalkommissarin war. Erst in den letzten Sommerferien hatte sie bewiesen, dass sie das Zeug dazu hatte. Im Hotel *Seemuschel*, in dem sie mit ihren Eltern lebte, hatte sie etlichen krummen Typen das Handwerk gelegt und sie der Polizei ausgeliefert.

In ihren Gedanken kehrte Lissy zurück zu den Sträflingen. Mittlerweile war über der Wiese eine pechschwarze Regenwolke aufgezogen. Der Ganove, der eben zum Sprung ansetzte, verzog angewidert das Gesicht. Dicke Regentropfen fielen auf seine Glatze. Igitt! Schleunigst lief er zu den anderen, die sich bereits unter einer großen Kastanie zusammengedrängt hatten. Als schließlich die Gefängniswärter anrückten und sie in ihre Zellen zurückbrachten, wirkten die Sträflinge beinahe erleichtert. Dort hatten sie es wenigstens warm und trocken. Lissy öffnete die Augen. Trocken? Sie lauschte. Nichts. Monatelang hatten Regentropfen gegen die Fensterscheiben getrommelt. Nun fehlte plötzlich dieses einschläfernde Geräusch. Lissy schlug die Bettdecke zur Seite und stürzte zum Fenster.

»Das gibt's doch nicht!«, rief sie. »Es hat geschneit!« Lissy blickte auf eine weiße, friedliche Winterwelt. Keine Sekunde länger wollte sie schlafen.

Eingeschneit

»Schnee! Und das ausgerechnet jetzt!« Die dünne Frau Dick, die im Hotel *Seemuschel* an der Rezeption arbeitete, blickte missmutig auf den verschneiten Hotelgarten, in dem Lissy begeistert Schneebälle gegen die weißen Büsche warf. Erst gestern war der *Verein der Regenfreunde* im Hotel angekommen. Der kleine Badeort war bekannt für sein beständiges Regenwetter. Hier studierten die Regenfreunde jedes Jahr Nieselregen, Tröpfelregen, Platzregen, Sprühregen oder Bindfadenregen. Nur leider waren sie meistens die einzigen Gäste im Winter.

»Guten Morgen, Frau Dick.« Sam, der Koch, hatte seine Kochmütze gegen eine leuchtend rote Pudelmütze getauscht. »Haben Sie Lust auf einen kleinen Spaziergang durch die Winterlandschaft?«
»Dafür habe ich leider keine Zeit«, entgegnete die dünne Frau Dick. »Ich warte auf die Wettervorhersage. Wenn es nicht bald regnet, reisen unsere Gäste womöglich wieder ab.«
Sam zuckte mit den Schultern. »Ich kann diese Regenfreunde nicht leiden. Nie essen die ihre Teller leer, aus Angst, dass sonst am nächsten Tag die Sonne scheint.« Er ging hinaus in den Garten zu Lissy.
»Sieht die Landschaft nicht toll aus?«, fragte Sam seine Freundin. »Wie von Zuckerguss überzogen und mit

Sahne garniert. Ich mache einen Spaziergang in den Park zum Skulpturen-Garten. Kommst du mit?«

»Keine Zeit«, entgegnete Lissy, die eine dicke Schneekugel über den verschneiten Rasen rollte. »Ich baue gerade eine ganze Schneemannfamilie.«

Als Lissy sich etwas später umsah, war Sam nur noch ein kleiner Punkt in der Ferne. Sie holte Karotten aus der Küche für die Nasen der Schneemänner. Dann sammelte sie ein paar Steinchen für die Münder. Gerade als sie damit fertig war, entdeckte sie hinter der verschneiten Hecke Sams rote Pudelmütze. Sie wippte auf und ab und kam schnell näher. Sam hatte es anscheinend eilig. Bestimmt ist etwas passiert, dachte Lissy und zog schon mal ihren kleinen Notizblock aus der Hosentasche. Reine Routine. Wenig später stand Sam schnaufend vor ihr.

»Die Skulptur des geflügelten Drachen«, keuchte er.

»Was ist denn damit?«, fragte Lissy.

»Sie ist spurlos verschwunden! Jemand muss sie einfach weggetragen haben!«

»Den geflügelten Drachen? Einfach weggetragen?«

Sam nickte. Ihm fehlte die Puste, um zu antworten.

»Das muss ich mir ansehen!« Lissy steckte Notizblock und Stift wieder ein. »Komm mit, wir laufen hin!«

Sam blieb nichts anderes übrig als hinter Lissy herzutraben. Als sie endlich im Park angekommen waren, ließ sich der Koch vor Erschöpfung in den Schnee fallen. Nachdenklich betrachtete Lissy das Schild, auf dem die Kunstwerke abgebildet waren, und verglich es mit dem

Anblick im Schnee. Schließlich setzte sie sich neben Sam.

»Alles sieht ganz anders aus unter der dicken Schneedecke«, stellte sie fest. »Und ein paar Schneemänner sind auch schon da.«

Der Koch nickte.

»Aber gestohlen ist nichts, so viel ist klar«, fügte Lissy hinzu.

»Du meinst, der geflügelte Drache ist noch da?«

Lissy grinste. »Ganz genau.«

»Aber wo denn nur?«, fragte Sam.

Vielfraß auf freiem Fuß

»Willst du etwa Diät halten?« Lissy stand in der Küche und sah zu, wie Sam eine dicke Eisenkette um den Kühlschrank wickelte. Die beiden Enden verband er mit einem schweren Vorhängeschloss.

»Diät? Nie im Leben!«, antwortete der Koch. Schon bei dem Gedanken wurde er käsebleich. »Es handelt sich hier um eine reine Vorsichtsmaßnahme. Hast du keine Nachrichten gehört?«

Lissy schüttelte den Kopf.

»Klaus Klops, der schwerste aller Schwerverbrecher, soll sein Unwesen in dieser Gegend treiben. Er bricht in Häuser ein und fällt über sämtliche Vorräte her. Nichts lässt er übrig. Nicht den kleinsten Krümel.«

»Das ist ja furchtbar«, sagte Lissy und schnappte sich schnell den letzten herumliegenden Keks.

»Wenn ich den erwische, mache ich Apfelmus aus ihm«, grummelte Sam. Dann schaute er auf seine Uhr. »Bist du nicht zum Rodeln verabredet?«

»Stimmt«, bestätigte Lissy. »Ich wollte nur schnell das Fresspaket abholen, das du mir versprochen hast.«

»Herrje, das Fresspaket!« Sam schlug sich mit der Hand an die Stirn. »Das ist jetzt natürlich im Kühlschrank.« Der Koch löste die Eisenkette, öffnete die Kühlschranktür und nahm es heraus. »Pass aber gut darauf auf«, ermahnte er Lissy. »Nicht dass es am Ende noch Klaus Klops in die Hände fällt.«

Lissy grinste. Da hatte Sam sie auf eine prima Idee gebracht.

Auf dem Rodelberg herrschte Hochbetrieb. Lissys Freundinnen Mira und Paula waren schon da. Doch vor der ersten Abfahrt hatte Lissy noch etwas zu erledigen. Sie lehnte das Fresspaket an einen Baumstamm und trat ein paar Meter zurück.
»Sehr schön«, stellte sie fest. »Man kann es sogar von weitem sehen.« Dann quetschte sie sich hinter Mira und Paula auf den Schlitten und die drei Freundinnen sausten den Hügel hinunter. Unten angekommen entdeckte Lissy einen alten Bekannten. Es war Hauptkommissar Oberpichler, der bäuchlings im Schnee lag.
»Hallo, Hauptkommissar«, begrüßte ihn Lissy. »Haben Sie etwas im Schnee verloren?«
»Verloren?« Der Hauptkommissar blinzelte in Lissys

Richtung. Seine Brillengläser waren voller Schnee. »Oh, nicht ganz, ich bin, ähem, vom Schlitten gefallen.«

»Ist ja auch eine ganz schön steile Abfahrt«, sagte Lissy. »Sagen Sie, sind Sie noch länger hier?«

»Wieso willst du das wissen?«, fragte Oberpichler misstrauisch.

»Könnte sein, dass Sie noch jemanden verhaften müssen«, erklärte Lissy.

»Ausgeschlossen«, entgegnete der Hauptkommissar mit fester Stimme. »Heute habe ich kältefrei.«

Lissy schielte zu dem Baum, an den sie das Fresspaket gelehnt hatte. Es war weg! »Tja, daraus wird wohl nichts. Klaus Klops ist hier nämlich ganz in der Nähe.«

»Klaus Klops? Warum hast du das nicht gleich gesagt?« Der Hauptkommissar war sofort auf den Beinen. »Den muss ich kriegen! Namhafte Restaurants haben eine Belohnung auf ihn ausgesetzt: Umsonst essen, ein ganzes Jahr lang!«

Lissy zeigte auf den Baum. »Wir müssen nur die Spuren verfolgen, die neben dem Baum da oben beginnen«, sagte sie. »Eine führt direkt zu ihm hin.«

Welche Spur führt zu Klaus Klops?

Geheimnisvoller Schneeball

Es dämmerte schon, als Lissy zurückkam. Die dünne Frau Dick an der Rezeption war in ein Buch vertieft: *Regenzauber für Anfänger.* Nachdenklich kaute sie an einem Bleistift.

»Haben Sie die Wettervorhersage gehört?«, fragte Lissy.

»Psst!« Frau Dick legte beschwörend den Zeigefinger an die Lippen. Ihr Blick wanderte zu ein paar Mitgliedern des *Vereins der Regenfreunde,* die mit finsterer Miene in der Hotelhalle saßen.

»Es soll schneien wie verrückt!«, flüsterte sie. »Allein in dieser Nacht wird es mindestens einen halben Meter Neuschnee geben.«

»Klasse!« Lissy strahlte. »Wenn das so weitergeht, bekommen wir weiße Weihnachten!« Bei dem Gedanken spürte sie ein Kribbeln im Bauch. Nur noch drei Wochen oder 21 Tage oder – Lissy rechnete – ungefähr fünfhundert Stunden, dann war es so weit: Weihnachten!

Lissy ging in ihr Zimmer und setzte sich ans Fenster. Dichte weiße Flocken fielen vom Himmel. Unmöglich sie zu zählen. Plötzlich knallte ein Schneeball gegen die Scheibe. Lissy öffnete das Fenster und steckte neugierig den Kopf hinaus in die kalte Winterluft. Im gleichen Moment flog ein zweiter Schneeball dicht an ihr vorbei und landete auf dem Boden. Draußen in der Dunkelheit stand jemand und winkte. Doch bevor Lissy feststellen konnte, wer es war, war die Gestalt schon davongelaufen.

Äußerst merkwürdig. Konnten die Schneebälle vielleicht ein Hinweis sein? Lissy dachte scharf nach: Das Schlimmste für einen Einbrecher war es, auf frischer Tat ertappt zu werden. Aber noch viel schlimmer war es, überhaupt nicht entdeckt zu werden. Wenn niemand bemerkte, dass etwas gestohlen war. Das ging gegen die Berufsehre jedes gewissenhaften Diebes! Kein Blaulicht, keine Sirene, keine Fahndung, keine Zeitungsartikel? Ein Albtraum! Es sollte ja sogar schon Diebe gegeben haben, die aus lauter Verzweiflung zur Polizei gegangen waren und alles ausgeplaudert hatten. Vielleicht war dieser Einbrecher schlau, kombinierte Lissy. Vielleicht versuchte er es zuerst mit Schneebällen und ging erst danach zur Polizei. In diesem Fall, folgerte sie, muss ich nachsehen, ob etwas gestohlen wurde.

Lissy ging die Treppe hinunter und untersuchte die Hotelhalle. Reine Routine. Alles war an seinem Platz. Auch im Fernsehzimmer, im Esszimmer und in der Küche fehlte nichts.

»Falscher Alarm«, murmelte Lissy enttäuscht und ging in ihr Zimmer zurück. Auf dem Fußboden, dort, wo der Schneeball gelandet war, hatte sich eine Pfütze gebildet. Im Wasser lag etwas. Eine Nachricht! Sie war anscheinend im Schneeball versteckt gewesen. Lissy kniete sich auf den Boden und faltete das Papier auseinander.

»Na so was!«, staunte sie. »Es ist eine Geheimbotschaft.«

Es dauerte ein Weilchen, bis Lissy die Nachricht entziffert hatte. Doch dann wusste sie, wer den Schneeball geworfen hatte.

»Einverstanden«, flüsterte sie. »Ich werde da sein.«

Was steht auf dem Zettel?

A =
B =
C =
D =
E =
F =
G =
H =
I =
J =
K =
L =
M =
N =
O =
P =
Q =
R =
S =
T =
U =
V =
W =
X =
Y =
Z =
Ä =
Ö =
Ü =

Inkognito

Wo steckten bloß Mira und Paula? Pünktlich um drei Uhr stand Lissy in der Mitte des Weihnachtsmarktes. Sie schaute sich nach allen Seiten um. Keine Freundinnen in Sicht. Dafür aber das leckere Angebot der Buden: Schmalzgebäck, Marzipankugeln, Lebkuchen, Pfefferkuchen und Schokoladenweihnachtsmänner. Lissy kramte ihr Portmonee hervor. Da standen ihre Freundinnen plötzlich neben ihr. Mira und Paula hatten sich dunkle Sonnenbrillen aufgesetzt und trugen tief ins Gesicht gezogene Mützen.

»Was ist denn mit euch los?«, fragte Lissy ihre Freundinnen. »Fasching kommt doch erst nach Weihnachten.«
»Nicht so laut«, raunte Mira Lissy zu. »Wir sind inkognito hier.«
»Habt ihr was angestellt?«, fragte Lissy. »Ist die Polizei hinter euch her?«
»Natürlich nicht«, flüsterte Paula. »Aber man kann viel besser ermitteln, wenn einen nicht gleich jeder erkennt.«
»Ermitteln?«, fragte Lissy verblüfft. »Wollt ihr jetzt auch Kriminalkommissarinnen werden?«
Mira und Paula grinsten verlegen.
»Es war so spannend neulich, als wir die Spur von Klaus Klops verfolgt haben«, gestand Paula.
Mira räusperte sich: »Also, wir dachten ... vielleicht hast du ja Lust, mit uns einen Detektivclub zu gründen?«
»Eine Geheimschrift hätten wir ja schon mal«, sagte Paula. »Mein Onkel hat sie am Computer entwickelt. Man kann sie über die Tastatur eingeben. Wenn du willst, installiere ich sie nachher auf deinem PC.«
»Das wäre echt super«, rief Lissy begeistert. »Dann bräuchten wir jetzt also nur noch einen Fall.«
»Das heißt, du machst mit?«, fragte Mira vorsichtig.
Lissy nickte. »Die Idee mit dem Detektivclub ist toll! Wisst ihr was? Zur Feier des Tages spendiere ich uns einen Schokoladenweihnachtsmann!« Sie hakte sich bei ihren Freundinnen unter und gemeinsam steuerten die drei auf die Bude mit den Schokoladenweihnachtsmän-

nern zu. Jetzt würden sie sich den schönsten aussuchen. Doch dann zögerte Lissy. Irgendetwas stimmte da nicht.

»Das gibt's doch nicht!«, flüsterte sie. »Jemand will uns alte Schokolade in neuer Verpackung andrehen.«

»Tatsächlich«, stellte Paula fest. »Hier sind waschechte Betrüger am Werk.«

»Ist das etwa schon unser erster Kriminalfall?«, fragte Mira verdattert.

»Sieht ganz so aus«, grinsten ihre Freundinnen.

Was haben Lissy und Paula entdeckt?

handbemalte Engel
Holzsterne
Frische Schoko-Osterhasen
Confiserie
SCHMALZ

Wer hat den schönsten Weihnachtsgarten?

Die Bewohner des kleinen Badeortes beteiligten sich begeistert am Wettbewerb »Wer hat den schönsten Weihnachtsgarten?«. Überall in den Vorgärten blinkten Lichterketten und Lametta um die Wette. Heute Abend ging es um die Entscheidung. Wer würde gewinnen?

»Aaaah«, riefen die Zuschauer und »Ooooh!«. Die mächtige Blautanne im Vorgarten der Grützmachers war mit einer Lichterkette umwickelt und blinkte in Gelb und Rot. In einem anderen Rhythmus – in Blau und Grün – erstrahlten kleine Lichter an den Blumentöpfen auf den Fensterbänken. »Applaus für diese tolle Dekoration«, rief der Preisrichter – und die Zuschauer klatschten.
Lissy wartete gespannt, denn nun kam das Haus gegenüber an die Reihe. Es gehörte Hauptkommissar Oberpichler. Die Zuschauer spähten neugierig über den Gartenzaun, hinter dem zwei unförmige Schneefiguren zu sehen waren.
»Was soll das denn sein?«, fragte ein Herr ratlos. »Und wo ist die Weihnachtsbeleuchtung?«
»Geduld, Geduld«, murmelte der Hauptkommissar und stapfte zu den beiden Figuren aus Schnee. »Die eine Figur ist ein Bankräuber«, erklärte er. »Und die andere ein Polizist.«

»Das ist ja toll«, rief Lissy. »Der Polizist sieht Ihnen sogar ähnlich.«
»Finde ich nicht«, widersprach eine Dame. »Wenn man genau hinguckt, ist der Bankräuber dem Hauptkommissar wie aus dem Gesicht geschnitten.«
Oberpichler warf der Dame einen finsteren Blick zu. Dann setzte er dem Schnee-Polizisten ein Blaulicht auf den Kopf.
»Und nun zur Weihnachtsbeleuchtung«, sagte er und schaltete das Blaulicht ein. Im kreisenden Licht sah der verschneite Vorgarten auf einmal richtig aufregend aus.
»Das ist ja der Wahnsinn!«, rief Lissy.
Die Zuschauer klatschten stürmisch Beifall. Oberpichler betrachtete verlegen seine Stiefelspitzen.
Dann ergriff der Preisrichter das Wort. »Vielen Dank, Herr Hauptkommissar, für den sehr, äh, interessanten Beitrag. Wirklich, sehr ungewöhnlich. Schauen wir uns nun den nächsten Garten an.«
Lissy stellte sich neben Herrn Oberpichler. »Das mit dem Blaulicht war richtig spannend.«
Der Hauptkommissar strahlte. »Es hat dir also gefallen?«
Lissy nickte. »In dem Licht konnte ich nämlich etwas sehr Interessantes beobachten.«
»Etwas beobachten? Was denn?«
»Erzähle ich später. Wenn ich mir ganz sicher bin.« Lissy zog den Schreibblock aus der Hosentasche und machte sich ein paar Notizen.

Nun wandte sich das Publikum dem Haus der Hillermeiers zu. Die Bäume in ihrem Vorgarten blinkten in Rosa-Türkis und die Fenster waren mit lila- und orangefarbenen Lichtern eingefasst. Aber das war noch nicht alles: Plötzlich gingen kleine Strahler an und beleuchteten, mitten auf dem verschneiten Rasen, ein Plastik-Rentier, das eine Weihnachtsmannfigur im Schlitten zog. Ein Raunen ging durch die Menge. Da erhob sich der Weihnachtsmann, drehte sich einmal um die eigene Achse und plumpste wieder in den Sitz zurück. Dazu dudelte eine lustige Melodie. Das Publikum war fassungslos. So etwas hatte man ja noch nie gesehen!

»Ich denke, die Entscheidung ist gefallen«, rief der Preisrichter.

Applaus erklang.

»Gewonnen hat, wer den, ähem, natürlichsten Vorgarten hat.«

»Wieso? Seit wann denn das?«, murrten einige Zuschauer.

»Der Siegerpokal geht an …«, der Preisrichter machte eine kurze Kunstpause, »an das Ehepaar Grützmacher.«

»Irrtum«, widersprach Lissy. »Gewonnen hätten eigentlich die Hillermeiers. Auch wenn die Grützmachers es mit einem faulen Trick versucht haben.«

Was hat Lissy beobachtet?

Sieger
Vielen Dank
Für den 1. Platz!
LIS-NP35
WETTBEWERB
Wer hat den schönsten Weihnachtsgarten?

Aufs Glatteis geführt

»Das ist doch alles Hokuspokus!« Wütend feuerte die dünne Frau Dick das Buch über den Regenzauber in die Ecke. Sie hatte die Anleitungen genauestens studiert und befolgt. Ohne Ergebnis. Nicht einen einzigen Tropfen hatte sie hervorgezaubert, von Schweißtropfen mal abgesehen. Doch eins stand fest: Heute musste es regnen, sonst würden die Regenfreunde wegen guten Wetters abreisen. Dann wären die einzigen Gäste des Hotels *Seemuschel* fort. Und das – Frau Dick erhob sich entschlossen vom Stuhl – musste um jeden Preis verhindert werden. Mit festem Schritt ging sie in den Garten. Sie nahm den Wasserschlauch und drehte den Hahn auf.

»Na bitte, wer sagt's denn?«, sagte sie, hob den Schlauch in die Höhe und ließ es regnen. So einfach ging das.

Als die Regenfreunde aus dem Fenster schauten und die dicken Tropfen sahen, ging für sie die Sonne auf. Sie stürmten hinaus und rannten auf die Wiese. Da war es bereits zu spät.
»Hiiilfeeee!«
Sie schlitterten, wild mit den Armen rudernd, über die spiegelglatte Oberfläche. Das Wasser aus dem Gartenschlauch war auf dem Boden sofort zu Eis gefroren. Hilflos klammerten sich die Regenfreunde an den ersten Vorsitzenden. Ausgerechnet an ihn, den Unsportlichsten von allen. Er fiel als Erster zu Boden. Frau Dick musste tatenlos mit ansehen, wie die ganze Truppe nacheinander auf das Eis purzelte.
Danach dauerte es keine halbe Stunde mehr, bis die Regenfreunde endgültig abgereist waren. Es war still im Hotel *Seemuschel*. Die dünne Frau Dick stand an ihrer Rezeption und hatte die Hände vors Gesicht geschlagen. Sie weinte. Immer wieder wischte sie sich mit dem Handrücken die Tränen ab, doch schon traten ihr neue in die Augen und kullerten ihr die Wangen hinunter. Sie hatte doch nur das Beste gewollt! Auf dem Tresen bildete sich eine kleine Pfütze.

Vor dem Hotel hielt ein Reisebus und ein kleiner dicker Mann im Schneeanzug stürmte in die Hotelhalle.
»Prächtig, prächtig!«, rief er. »Das ist ja großartig!«

»Was soll denn daran großartig sein?«, schluchzte die dünne Frau Dick. Erst dann entdeckte sie den Gast an der Rezeption.
»Na hören Sie«, entgegnete der Mann, »das ist doch absolut traumhaft! Ein Hotel mit eigener Eislaufmöglichkeit, direkt vor der Haustür.«
»Eigene Eislaufmöglichkeit?« Die dünne Frau Dick schaute ihn durch den Tränenschleier fassungslos an. Dann begriff sie. Ein zaghaftes Lächeln huschte über ihr Gesicht.
»Die hoteleigene Eislaufbahn ist ein besonderer Service für unsere Gäste«, entgegnete sie und schniefte leise.
»Prächtig, prächtig!« Der kleine dicke Mann strahlte. »Hätten Sie Platz für etwa sechzig Gäste?«
»Da haben Sie aber Glück«, antwortete die dünne Frau Dick mit zittriger Stimme und wischte sich die letzte Träne ab. »Zufälligerweise haben wir noch etwas frei.«

Als die dünne Frau Dick kurze Zeit später aus dem Fenster schaute, rieb sie sich die Augen. War das ein Traum? Überall im Garten wimmelte es von Schlittschuhläufern, die leichtfüßig über das Eis tanzten. Ein Eisläufer konnte besonders elegante Schleifen drehen. Welcher?

Seemannsgarn

Lissy saß im alten, abgewetzten Ohrensessel, schlürfte einen heißen Früchtepunsch und blickte in das knisternde Kaminfeuer, das in der Stube des Seemannsheims brannte. Wie immer am Dienstag besuchte sie Nick, den alten Kapitän, der früher auf allen Weltmeeren zu Hause gewesen war.

»Sag mal, alter Nick, hast du Weihnachten eigentlich immer an Bord gefeiert? Oder warst du auch mal an Land?«

Der alte Seebär schreckte aus seinen Träumen hoch. »Was? Wie?«

Lissy wiederholte ihre Frage und der Alte kramte in seinen Erinnerungen. »Doch, doch, einmal habe ich Weihnachten wie die Landratten gefeiert.«

»Erzähl!«

»Es war damals, als wir vor Helgoland lagen. Es war lausig kalt und der Wind heulte um die Masten. Wie an jedem Abend stand ich an der Reling, betrachtete die Wellen und paffte meine Pfeife. Leichtmatrose Piet leistete mir Gesellschaft. Schweigend starrten wir auf die See.

›Weißt du eigentlich, was für ein Tag heute ist?‹, fragte Piet mich plötzlich.

›Ostern?‹, vermutete ich. Denn auf See verliert man ja jedes Zeitgefühl.

›Falsch‹, grinste Piet. ›Weihnachten!‹
›Beim Neptun! Das is'n Ding‹, rief ich. ›Das muss gefeiert werden! Mit einem ordentlichen Festschmaus!‹
Wir trommelten also die Mannschaft zusammen. Jan und Hein warfen auch gleich die Angeln aus und fischten ein paar schöne Schollen. Aber es ging ihnen noch etwas anderes an den Haken. Eine echte Flaschenpost! Aufgeregt öffneten wir sie und zogen ein zusammengerolltes Stück Papier heraus. Es war eine Schatzkarte, die eine Insel zeigte. Wir nahmen sofort Kurs auf. Nach unseren Berechnungen musste die Insel ganz in der Nähe sein, doch wir hatten sie noch nie gesehen. Wir staunten nicht schlecht, als wir das Eiland zwei Stunden später tatsächlich erreichten. Wir machten die Boote los und ruderten an Land. Bald darauf kamen wir in einen dichten Laubwald. Schwer lag der Schnee auf den Blättern. Über unseren Köpfen kreisten Schwalben, auf dem Boden pickten Krähen, Hasen hoppelten über den Schnee, Füchse schlichen um die Bäume und Meister Stachelfell krauchte durchs Gebüsch. Es war seltsam, an Land zu

sein. Igelschnaufen statt Meeresrauschen – und kein Fisch weit und breit. Auf wackeligen Seemannsbeinen erreichten wir schließlich eine Lichtung.
›Hier muss der Schatz vergraben sein!‹, rief Hein und zeigte auf die Karte.
›Was?‹, fragte Jan entsetzt. ›Hier?‹
Beim Klabautermann! Wir trauten unseren Augen nicht. Dort, wo der Schatz sein sollte, stand ein Holzhaus.
›Da ist ein Esel auf der Veranda‹, stellte Piet fest, ›und malmt Heu.‹
›Schaut mal, über dem Haus.‹ Ich zeigte auf den Himmel. ›Was ist das für ein leuchtender Stern?‹
Uns Seebären wurde plötzlich ganz sonderbar zu Mute. Auf Zehenspitzen schlichen wir zur Hütte, betraten die Veranda und öffneten die Haustür.«

Der alte Nick zündete sich seine Pfeife an. »Nie errätst du, wen wir dort gesehen haben!«
»Sag schon, wen?«
»Es war …«, der Alte holte tief Luft, »der Weihnachtsmann höchstpersönlich.«

»›Schön, dass ihr auch noch mal kommt‹, brummte eine Stimme aus einem Bett in der dunkelsten Ecke der Hütte. Der Weihnachtsmann hatte sich die Decke bis zum Kinn hochgezogen. ›Ich dachte schon, ihr würdet die Weihnachtsinsel überhaupt nicht mehr finden‹, nörgelte er. ›Alle Welt fährt ja nur noch zu den Osterinseln!‹

›Beim Neptun, soll das bedeuten, dass du hinter der Sache mit der Flaschenpost steckst? Dass es überhaupt keinen Schatz gibt?‹, fragte Jan.
›Was sollte ich denn machen? Ich bin schachmatt, habe die Grippe! Ihr müsst mir helfen!‹
›Und was sollen wir tun?‹, fragte Hein misstrauisch.
›Ganz einfach! Zuerst brauche ich einen heißen Kräutertee und dann was Ordentliches zu essen und dann eine Wärmflasche für die Füße.‹
›Wenn's weiter nichts ist‹, bemerkte ich.
›Na ja‹, entgegnete der Weihnachtsmann. ›Der Esel bräuchte noch Futter und der Schlitten müsste dringend auf Vordermann gebracht werden und …‹

›Hast du was von Kräutertee, warmem Essen und Wärmflasche gesagt?‹, unterbrach Piet den Alten.
Der Weihnachtsmann nickte.
Piet schüttelte den Kopf. ›Davon halten wir Seemänner nichts.‹ Er zog eine kleine Flasche aus der Tasche. ›Lebertran‹, erklärte er, ›ist das Allheilmittel für Landeier und Wasserratten, die es umgehauen hat. Dreimal täglich drei Löffel.‹
›Lebertran?‹ Der Weihnachtsmann verzog angewidert das Gesicht. ›Ich glaube, es geht mir schon wieder besser!‹«

»Und so kam es«, erzählte der alte Nick, »dass der Weihnachtsmann erstaunlich schnell wieder auf den Beinen war …«
»… und wenn er nicht gestorben ist, dann lebt er auch noch heute«, beendete Lissy den Satz. »Das war ja die reinste Märchenstunde.«
»Märchenstunde?«, wiederholte der Alte beleidigt. »Beim Klabautermann, das alles habe ich leibhaftig erlebt!«
Lissy grinste. »Eins hast du aber mal wieder bewiesen.«
»Was denn?«
»Dass du kein Landei bist.«
»Wieso?«, fragte der alte Nick.
Der Kapitän hat drei Fehler gemacht. Welche?

Segelschulschiff
Adler

Lieber guter Nikolaus

Rumms! Lautes Getöse riss Lissy aus dem Tiefschlaf. Schlagartig saß sie senkrecht im Bett und knipste die kleine Taschenlampe an, die immer griffbereit auf ihrem Nachttisch lag. Sie horchte in die Dunkelheit. War da nicht ein Miauen und eine Stimme, die leise fluchte? Lissy schob die Decke zur Seite und schlich zur Tür. Vorsichtig drückte sie die Klinke runter. Kaum hatte sie die Tür einen Spalt weit geöffnet, huschte ihre Katze in das Zimmer und verkroch sich schnell unter dem Bett.

Lissy leuchtete mit ihrer Taschenlampe in den nachtschwarzen Flur. »Das ist ja allerhand!«, murmelte sie. Sämtliche Schuhe, die noch am Abend ordentlich vor den Zimmertüren gestanden hatten, waren verschwunden. Stundenlang hatten die Hotelgäste und Lissy am Nachmittag für den Nikolaus Stiefel, Turnschuhe oder Halbschuhe geputzt. Vorsichtig bewegte sich Lissy mit der Taschenlampe vorwärts. Der Lichtkegel fiel auf eine Gestalt, die auf dem Teppich saß.

»Nanu? Was machst du denn hier?«, staunte Lissy.

Sam blinzelte ihr kurzsichtig entgegen. Neben ihm lag ein leerer Kartoffelsack. Überall waren Schuhe, Kekse, Nüsse, Süßigkeiten, Mandarinen, Pralinen und kleine Zettel verstreut.

»Ich bin ganz vorsichtig gegangen, um niemanden zu wecken«, entschuldigte sich der Koch. »Aber dann bin ich in der Dunkelheit über deine Katze gestolpert und habe den Sack fallen lassen. Minka ist vor Schreck hineingehuscht. Um sie wieder herauszubekommen, habe ich den Sack geschüttelt. Dabei ist auch der ganze Inhalt rausgefallen, tja, und jetzt habe ich den Salat.«

»Wieso schleichst du hier überhaupt mitten in der Nacht herum?«

»Nun ja«, wand sich der Koch. »Ich wollte dem Nikolaus ein bisschen unter die Arme greifen. Aber das ist gründlich in die Grütze gegangen.«

»Halb so wild«, Lissy seufzte erleichtert. »Ich dachte schon, jemand hätte die Schuhe geklaut. Schlage vor, wir tun jetzt die Süßigkeiten in die Schuhe und stellen sie wieder an ihren Platz.«

»Der Hase liegt aber woanders im Pfeffer«, jammerte Sam. »Alle Namenszettel, die ich geschrieben habe, sind aus den Schuhen gefallen. Ich weiß gar nicht, vor welche Tür ich sie jetzt stellen soll.«

»Verstehe.« Lissy dachte einen Moment scharf nach. Dann hatte sie eine Idee. »Warte mal einen Augenblick!«

Sie huschte zurück in ihr Zimmer und holte einen Zettel. Den hielt sie Sam unter die Nase.

»Zum Glück habe ich neulich Personenbeschreibungen geübt«, erklärte Lissy. »Hier sind die Namen aller Gäste, die auf diesem Flur wohnen. Außerdem steht da, woher sie kommen und womit sie sich am liebsten beschäftigen. Könnte sein, dass uns das weiterhilft.«

»Das hast du gut gemacht!« Sam klopfte Lissy auf die

Schulter. »Und ich dachte schon, Hopfen und Malz wären verloren.«

Erleichtert machte er sich mit Lissy an die Arbeit und ordnete die Schuhe ihren Besitzern zu. Bevor er die Schuhe vor die entsprechenden Türen stellte, füllte Sam sie randvoll mit Süßigkeiten. Das hätte selbst der Nikolaus nicht besser gekonnt.

Welche Schuhe gehören wem?

214
213
Brigitta Buttermann
Karolina Knöbel
Cliff Eastcoast
Tim Knaak
Margarete Gerken
Rudolf Riesebieter
May Wen-Yu

Eine feine Dame

»Frau Glitter, Ihr Taxi ist da.« Die dünne Frau Dick wandte sich einer sorgfältig gekleideten Dame zu, die mit sieben Koffern vor der Rezeption wartete. »Angenehme Heimreise.«

»Danke! Sie können dem Hotelportier sagen, dass er das Gepäck zum Taxi bringen kann.«

»Tut mir Leid, aber einen Hotelportier haben wir hier nicht.«

»Soll das bedeuten, dass ich mein Gepäck selber tragen muss?«, fragte die Dame entgeistert. »Das hat man davon, wenn man in einer Absteige mitten in der Provinz übernachtet.«

»Unser Haus besitzt einen tadellosen Ruf«, entgegnete die dünne Frau Dick. »Sogar unsere Badewannen haben etliche Preise gewonnen.«

In diesem Moment betrat Hauptkommissar Oberpichler die Hotelhalle und erblickte die Dame zwischen den Koffern.

»Kann ich Ihnen mit dem Gepäck behilflich sein, Gnädigste?«

»Sie sind meine Rettung.« Die Dame schenkte dem Hauptkommissar ein strahlendes Lächeln.

Ein fröhliches Liedchen pfeifend wuchtete Oskar Oberpichler jeden einzelnen Koffer mit Schwung in das wartende Taxi. Die feine Dame brauchte nur noch einzusteigen.

Als das Taxi außer Sichtweite war, ließ sich der Hauptkommissar ermattet auf den Treppenabsatz sinken und wischte sich den Schweiß von der Stirn.

»Das war eine echte Dame«, schwärmte Oberpichler, als er wieder vor der Rezeption stand. »Die hatte Stil. Wie war noch gleich ihr Name?«
»Gunda Glitter«, antwortete die dünne Frau Dick knapp.
»Das darf doch wohl nicht wahr sein! Das ist die Person, die ich beschatten soll. Die Dame ist eine landesweit gesuchte Scheckbetrügerin.«
»Habe ich mir doch gleich gedacht, dass die nur so vornehm tut«, sagte die dünne Frau Dick zufrieden.
»Gibt es Probleme?«, fragte Lissy. Sie hatte mit Mira und Paula an der Hotelbar Kakao getrunken, bis sie den Hauptkommissar entdeckten.
»Gibt es etwas anderes in diesem verflixten Hotel?«, knurrte Oberpichler. »Gerade ist mir eine Scheckbetrü-

gerin durch die Lappen gegangen, die natürlich hier gewohnt hat.«
»Wo?«, fragte Lissy und zog ihren Notizblock hervor. »In welchem Zimmer?«
Frau Dick blätterte in den Unterlagen. »Zimmer 26, mit Meeresblick.«
»Das sollten wir uns schleunigst ansehen«, schlug Paula vor. »Vielleicht finden wir dort ein paar wertvolle Hinweise.«
»Das, äh, wollte ich auch gerade vorschlagen. Auf geht's!« Der Hauptkommissar eilte zur Treppe, die drei Freundinnen und die dünne Frau Dick hinterher.

Im Zimmer angekommen stellte sich Oberpichler in die äußerste Ecke und bewegte sich rückwärts schreitend langsam durch das Zimmer. Die anderen sahen ihm staunend zu.
»Alter Polizistentrick«, erklärte er. »Rückwärtsgehen schult die Aufmerksamkeit.« Im nächsten Augenblick saß der Hauptkommissar auf dem Hintern. Er war über den Papierkorb gestolpert.
»Schaut mal!«, rief Lissy. »Da sind ja lauter Schnipsel aus dem Papierkorb gefallen!«
»Interessant, interessant«, murmelte Mira und rückte ihre Brille zurecht. Sie kniete sich auf den Teppich und legte die Papierschnipsel aneinander. »Ich schätze, wir wissen jetzt, wo wir nach der Scheckbetrügerin suchen können«, sagte sie mit einem klugen Lächeln.
Was steht auf dem Zettel?

7.
Dezember
am
ember
Fabrik
rgasse
7.
Treffer
Deze
dorf
Schotte
Dunkel

Auf nach Dunkeldorf!

»Wo liegt denn dieser Ort überhaupt?«, fragte der Hauptkommissar, der immer noch auf dem Boden saß.
»Etwa zehn Kilometer von hier«, antwortete die dünne Frau Dick. »Es ist ein ehemaliges Industriegebiet. Weder Bus noch Bahn fahren in diese verlassene Gegend.«
»Kein Problem«, meinte Oberpichler. »Wir nehmen einfach ein Taxi.«
»Ein Taxi?« Lissy schüttelte den Kopf. »Das ist viel zu auffällig. Die Ganovin könnte das Motorengeräusch hören.«
Da musste der Hauptkommissar Lissy zustimmen.
»Ich habe eine klasse Idee«, rief Paula. »Wir laufen auf Skiern!«
»Super!«, riefen Lissy und Mira.
»Ohne mich!«, sagte der Hauptkommissar energisch. »Ich habe mich schon beim Koffertragen restlos verausgabt.«
»In Ordnung, dann fahren wir eben alleine«, schlug Lissy vor.
Oskar Oberpichler rappelte sich mühsam auf. »Nein, ich komme doch lieber mit. Worauf warten wir?«

Gefolgt vom Hauptkommissar liefen die drei Freundinnen auf ihren Skiern durch die weiße Winterlandschaft.

Nach zwei Stunden bogen sie in eine enge Straße ein, in der auf beiden Seiten verlassene alte Schuppen und Fabrikhallen standen. Die meisten Fenster waren eingeschlagen und die Türen quietschten in den rostigen Angeln, wenn der Wind an ihnen rüttelte.

»Mir reicht's!« Mit letzter Kraft schob sich Oberpichler vorwärts. »Ich rufe jetzt ein Taxi und dann lege ich mich zu Hause in die heiße Wanne.«

Lissy legte den Zeigefinger an die Lippen. »Psst, Herr Hauptkommissar, die feine Dame ist ganz in der Nähe.«

Sie zeigte auf das Gebäude, vor dem sie standen.

»Da? Niemals!« Oberpichler schüttelte den Kopf. »Das ist doch keine Umgebung für eine Dame.«

Aber Lissy, Mira und Paula hatten sich schon an die nahezu blinden Fenster herangepirscht.

Der Hauptkommissar folgte ihnen fluchend. Doch dann änderte er seine Meinung.

»Müssen wir da etwa reingehen?«, fragte Mira ängstlich.

»Ihr nicht, ich schon!«, antwortete Oberpichler. »Das ist Sache der Polizei!«

Bevor die Mädchen etwas sagen konnten, nahm er Anlauf und rutschte auf seinen Skiern in das Gebäudeinnere.

»Schau mal einer an!« Der Hauptkommissar setzte sein breitestes Grinsen auf. »Gunda Glitter und Gold-Guido, zwei der meistgesuchten Verbrecher auf einen Streich. Habe ich mir doch gleich gedacht, dass die feine Dame

einen Kumpanen hat.« Oberpichler zog die Handschellen aus der Hosentasche. »Ihr seid verhaftet.«
Dann wollte er sich mit den Skiern abstoßen. Doch ohne Schnee bewegten die sich kein Stück vorwärts.
»Äh, einen Augenblick!« Der Hauptkommissar bückte sich und versuchte hektisch die Schnallen zu lösen.
»Ein andermal vielleicht«, grinste Gold-Guido und zog sich seelenruhig seine Jacke an.
»Schade, dass wir so wenig Zeit zum Plaudern hatten, Herr Hauptkommissar«, sagte Gunda Glitter. Dann versuchte das Gaunerpärchen durch ein kaputtes Fenster zu entkommen. Doch sie kamen nicht weit. Lissy, Mira und Paula hatten ihre Skier abgeschnallt und versperrten ihnen damit den Weg. Wenige Sekunden später klickten die Handschellen dann doch noch.

»Eins verstehe ich nicht, Herr Hauptkommissar«, sagte Gunda Glitter, die neben Oberpichler auf der Rückbank des Polizeiwagens saß. »Woher wussten Sie, welcher Schuppen in dieser gottverlassenen Straße bewohnt war?«
»Das, ähem«, stotterte der Hauptkommissar, »fragen Sie am besten meine Kollegin Lissy.«

4

Leer!

Auf leisen Sohlen schlich Sam wie jeden Morgen in die Küche. Hier hing nämlich sein Edelpralinen-Adventskalender. Erwartungsvoll löste er das Papptürchen für den heutigen Tag, klappte es zurück und griff – ins Leere.

»Ach du dickes Ei!« Der Koch wollte seinen Augen nicht trauen. »Keine Praline weit und breit!«

Vorsichtig betastete er das Türchen für den nächsten Tag. Es fühlte sich merkwürdig flach an. Er öffnete es. Leer! Und das nächste? Wieder leer! Sam pulte ängstlich alle übrigen Türchen auf. Aber nicht eine einzige Praline kam zum Vorschein.

»Angeschmiert, mit Butter lackiert«, murmelte Sam und ließ enttäuscht die Hand sinken. »Irgendjemand will mir da die Suppe versalzen.«

Er nahm den Adventskalender von der Wand und schlurfte damit traurig über den Flur. Vor Lissys Zimmer blieb er stehen. Nur eine angehende Kriminalkommissarin konnte ihm jetzt noch helfen. Sam klopfte an die Tür.

»Man hat mich beraubt!«, rief er.

»Ein echter Diebstahl?«, fragte Lissy von drinnen. »Komm rein!«

Mit dem Adventskalender in der Hand betrat der Koch das Zimmer und setzte sich auf einen Stuhl neben Lissys Bett.

»Was ist denn passiert?« Lissy gähnte, dann schaute sie den Koch neugierig an.

»Meine schönen Edelpralinen.« Sam schluckte. »Jemand hat sie aus meinem Adventskalender gestohlen. Köstliche Leckerbissen mit Blätterkrokant, Haselnusssplittern, Nougatfüllung und Mokkageschmack.« Der Koch seufzte. »Das musst du dir mal auf der Zunge zergehen lassen: Nicht ein einziges Praliné haben sie mir übrig gelassen …«

»Zeig mal her!« Lissy nahm den Kalender und drehte ihn auf die Rückseite. Eine angehende Kriminalkommissarin untersucht immer sämtliche Beweisstücke äußerst gründlich. »Schätze mal, dass Profis am Werk waren. Siehst du diese Löcher?«

Der Koch nickte.

»Der Dieb hat den Kalender von hinten eingeschnitten und sich die Pralinen rausgefischt«, kombinierte Lissy.
»Aber warum?«, fragte der Koch.
Lissy zuckte die Schultern. »Vielleicht wollte der Täter nicht, dass der Diebstahl sofort entdeckt wird?«
»Wenn ich den erwische, gibt's Saures«, grollte Sam.
Lissy zog sich ihren Bademantel an und steckte ihren Notizblock in die große Tasche. »Wir müssen sofort den Tatort untersuchen. Wo genau hing der Adventskalender?«
»In der Küche. Ich zeige dir, wo.«

Lissy kannte die Küche wie ihre Westentasche, trotzdem schaute sie sich so aufmerksam dort um, als hätte sie den Raum noch nie betreten.
»Der Pralinendieb hat einen Fehler gemacht«, stellte Lissy zufrieden fest. »Seine Spuren verraten mehr über ihn, als ihm vermutlich lieb ist.«
»Welche Spuren?«, fragte Sam. »Und was sollen sie verraten?«

Süße Spuren

Im Kaufhaus drängten sich die Kunden. Sie standen grübelnd vor den Warenregalen, diskutierten über Geschenkideen und bildeten lange Schlangen vor den Kassen. Nur von den Verkäufern fehlte jede Spur. Lissy, Mira und Paula irrten schon seit einer geschlagenen halben Stunde durch die Abteilungen auf der Suche nach jemandem, der ihnen helfen konnte. Schließlich entdeckte Paula einen Herrn, der versteckt hinter einer Säule einen mannshohen Berg Herrensocken mit Preisschildern versah.

»Arbeiten Sie hier?«, fragte Mira.

»Huch.« Der Verkäufer schreckte auf wie aus dem Tiefschlaf.

»Wo finde ich Adventskalender?«, fragte Lissy. »Wenn möglich, mit Edelpralinen gefüllt?«

»Adventskalender?« Der Verkäufer schüttelte den Kopf. »Die sind seit Anfang Oktober ausverkauft.«

Lissy, Mira und Paula seufzten. Dieses Kaufhaus war ihre letzte Hoffnung gewesen. Sie wollten Sam einen neuen Adventskalender in die Küche hängen, doch wohin sie auch kamen, nirgends gab es mehr welche.

»Und wenn wir selbst einen Adventskalender basteln und ihn mit ein paar Süßigkeiten füllen?«, schlug Paula vor.

»Supergute Idee«, meinte Lissy. Sie wandte sich an den Verkäufer: »Wie ist der kürzeste Weg in die Süßwarenabteilung?«

»Keine Ahnung. Ich bin schließlich nur für die Sockenabteilung verantwortlich. Fragt mal meine Kollegin.«

»Danke.« Lissy, Mira und Paula machten sich auf die Suche nach der Verkäuferin. Sie durchkreuzten das ganze Kaufhaus. Dabei kamen sie auch an einem Zeitungsständer vorbei. Aufmerksam studierte Lissy die Überschriften. Reine Routine. »Das gibt's doch nicht«, flüsterte sie.

»Was ist denn passiert?«, fragte Mira.

»Hört euch das mal an!« Lissy nahm eine Zeitung aus dem Ständer und las ihren Freundinnen die Meldung auf der Titelseite vor: »*Schoko-Bande schlägt wieder zu! In verschiedenen Kaufhäusern, Cafés und Hotels wurden in der Nacht zum Dienstag sämtliche weihnachtlichen Süßwarenbestände gestohlen. Die örtliche Kriminalpolizei geht davon aus, dass die Schoko-Bande dahintersteckt. Anführer der Bande ist Karlo Karlsbad, der an der linken Hand nur vier Finger hat. Es wird vermutet, dass er die süße Diebesbeute nur gegen ein hohes Lösegeld an die rechtmäßigen Eigentümer zurückgeben wird. Der Verbandsvorsitzende der Kaufhausbesitzer sprach von einer Katastrophe für den Handel.*« Lissy ließ die Zeitung sinken. »Was sagt ihr dazu?«

»Auf jeden Fall sollten wir uns mal in der Süßwarenabteilung umsehen«, sagte Paula. »Falls die Schoko-Bande dort noch nichts gestohlen hat, wird sie es bestimmt bald tun.«

»Kann das gefährlich für uns werden?«, fragte Mira ängstlich.

»Echte Kriminalkommissarinnen müssen mit allem rechnen«, erklärte Lissy und schaute sich um. »Zufälligerweise sind wir schon da.«
Sie standen zwischen Regalen, in denen es Gummibärchen, Schokoküsse und Lollis gab, doch Weihnachtsgebäck, Marzipankartoffeln oder Dominosteine konnten sie nirgends entdecken.

»Zu spät«, murmelte Paula. »Nicht ein einziger Zimtstern ist noch im Kaufhaus.«
Mira schaute sich ängstlich nach allen Seiten um. »Glaubst du vielleicht, dass die Verbrecher noch hier sind?«
»Das kann man nie wissen«, entgegnete Paula.
»Moment mal!« Lissy bückte sich und hob etwas auf. »Was haben wir denn da?« Sie hielt ihren Freundinnen ein kleines, rundes Ding unter die Nase.
»Das ist eine Marzipankartoffel!«, stellte Paula fest.
»Na so was«, staunte Mira. »Wo kommt die denn plötzlich her?«
Die drei Freundinnen hefteten ihre Blicke auf den Boden. Zwei Schritte weiter hob Mira einen Spekulatius vom Boden auf. Dann entdeckte Paula einen Dominostein. Und Lissy wäre beinahe auf ein Weihnachtsstollenbröckchen getreten.
Lissy, Mira und Paula wechselten verschwörerische Blicke.
»Ich würde sagen«, verkündete Lissy, »immer den Süßigkeiten nach!«
Die Süßigkeiten-Spur endete bei drei Männern, die seelenruhig Weihnachtsartikel in einer Kiste verstauten.
»Warum packen Sie denn all die Weihnachtsartikel weg?«, fragte Paula. »Weihnachten ist doch noch gar nicht gewesen.«
»Aus Platzgründen«, brummte einer der Männer. »Wir haben nämlich gerade eine Lieferung mit Schokoladenostereiern bekommen.«

»Jetzt schon?«, fragte Mira. »Ostern ist doch erst in ein paar Monaten!«
»Na und? Weihnachtsartikel werden doch auch gleich nach den Sommerferien verkauft.«
»Einen Augenblick!« Ein Herr im grauen Anzug näherte sich mit langen Schritten der kleinen Gruppe. »Ich bin hier der Abteilungsleiter«, wandte er sich an die drei Männer. »Können Sie mir verraten, was Sie hier tun?«
»Oh, äh, wir machen Platz für die Ostereier.«
»Für welche Ostereier?«, wollte der Abteilungsleiter wissen. »Die werden doch erst im nächsten Monat geliefert.«
»Wir haben eine bessere Erklärung«, sagte Lissy. »Aber erst sollten Sie die Polizei anrufen, damit die Schoko-Bande hinter Schloss und Riegel gebracht wird.«
»Diese Männer gehören zur Schoko-Bande?«, fragte der Abteilungsleiter ungläubig. »Habt ihr dafür Beweise?«
»Selbstverständlich«, grinsten Lissy, Mira und Paula. »Aber die verraten wir nur, wenn wir zur Belohnung eine ordentliche Portion Weihnachtssüßigkeiten bekommen.«
Welchen Beweis haben die drei Freundinnen?

CHRIST STOLLEN
Dominosteine
Dominosteine

Gefährliche Bastelstunde

Lissy, Mira und Paula schleppten schwere Kartons mit Lebkuchen, Marzipankartoffeln, Zimtsternen, Dominosteinen, Honigkuchen, Spekulatiuskeksen und natürlich den edelsten aller Edelpralinen zum Kaufhausausgang.

»Was machen wir bloß damit?«, ächzte Lissy. »Bis wir alles vertilgt haben, ist das Jahr rum.«

»Das bringt mich auf eine Idee«, keuchte Mira. »Wir basteln für Sam einen Adventskalender, der bis zum nächsten Advent hält.«

»Klasse!«, sagte Paula, die mehrere Kisten vor dem Bauch trug. »Und den Rest teilen wir untereinander aaaa…«

Die Kartons rutschten Paula aus der Hand. Alle Süßigkeiten flogen durch die Luft und verteilten sich wieder einmal auf dem Kaufhausboden. Mitten im Süßigkeitenregen stand ein Junge und machte ein erschrockenes Gesicht.

»Tut mir Leid«, murmelte Paula. »Ich habe dich gar nicht gesehen.«

Der Junge sah aus, als ob er jeden Moment losheulen würde. Doch dann sah er Lissy und plötzlich breitete sich ein Lächeln auf seinem Gesicht aus.

»Dich kenne ich«, sagte er. »Du hast mir im Sommer meinen Ball zurückgeholt, den mir die Jungs geklaut hatten.«

»Finn Fennig!«, rief Lissy. »Was machst du denn hier?«
»Ich suche Weihnachtsgeschenke«, sagte er. »Für meine Eltern. Aber ich finde überhaupt nichts für sie.« Schon wieder füllten sich seine Augen mit Tränen.
»Hier.« Paula nahm eine Packung Weihnachtsschokolade. »Nimm was Süßes!«
»Vielleicht solltest du etwas basteln«, schlug Mira vor. »Darüber freuen sich Eltern immer am meisten.«
»Ich kann aber nicht basteln«, sagte Finn Fennig traurig.
»Das kann ich dir zeigen«, tröstete Lissy ihn. »Komm doch heute Nachmittag zu mir ins Hotel *Seemuschel.* Dann basteln wir einen schönen Papierstern.«
»Echt?« Finn Fennig strahlte. »Dann bis später.«

Am Nachmittag, kurz vor drei, stand ein kleiner Junge in der Hotelhalle und fragte die dünne Frau Dick nach Lissy. Doch die stand bereits hinter ihm und tippte ihm auf die Schulter.
»Hallo, Finn, da bist du ja«, begrüßte sie ihn. »Komm, wir gehen in mein Zimmer.«
Oben angekommen zog Lissy buntes Seidenpapier aus ihrer Schublade. Dann faltete sie vor Finns Augen einen bunten Stern.
»Siehst du, es geht ganz einfach. Jetzt bist du an der Reihe.«
Finn machte sich an die Arbeit. Mit seinen kleinen, dreckigen Fingern knickte er das Papier. Lissy sah ihm dabei zu.

»Nein, du musst es zur anderen Seite falten«, verbesserte sie ihn.
»Sag ich ja, dass ich das nicht kann!« Finn machte eine Faust und zerknüllte das Papier. Tränen schossen ihm in die Augen.
»Weißt du was?« Lissy holte tief Luft. »Ich gehe schnell in die Küche und hole uns einen heißen Kakao. Dann versuchen wir es noch einmal, in Ordnung?«
»Mhm.«

Mit zwei heißen Kakaotassen kehrte Lissy nach einer Viertelstunde zurück. Als sie Finn erblickte, ließ sie vor Schreck die Tassen fallen und stürzte ins Zimmer.
»Schau mal, habe ich selbst gemacht!« Freudestrahlend hielt Finn ihr einen Stern entgegen. Doch als er ihr entsetztes Gesicht sah, ließ er die Hand entmutigt sinken.
»Habe ich mir schon gedacht, dass er dir nicht gefällt«, jammerte er.
»Hilfe!«, keuchte Lissy. »Fast wäre hier ein Unglück geschehen!«
»Ich kann eben nicht basteln!«, murmelte Finn.
»Aber darum geht's doch gar nicht!«, rief Lissy. »Ich meine etwas ganz anderes!«
Was wäre beinahe passiert?

Lissy
FIX

Ein Tango mit Folgen

Es schneite wie verrückt. Deshalb nahm Hauptkommissar Oberpichler lieber den Bus und nicht wie sonst das Motorrad. Die Linie 107 hielt direkt vor dem Hotel *Seemuschel.* Hier stieg Oberpichler aus. Gleich neben der Bushaltestelle schälte sich ein Mann aus einem Auto. Beide begaben sich zum Hoteleingang. An diesem Abend fand endlich wieder der Ball der einsamen Herzen statt.
»Auch mal wieder das Tanzbein schwingen?«, fragte der Hauptkommissar gut gelaunt.
Der Herr grinste. »Ja, darauf freue ich mich schon seit Wochen.«

Nach kurzer Zeit war die Tanzfläche bereits voll. »Die Stimmung ist wirklich toll hier!«, schnaufte Hauptkom-

missar Oberpichler und wiegte seine Hüften im Takt zur Musik. Auch Lissy, Mira und Paula rockten wie wild auf der Tanzfläche.
»Geben Sie uns eine Limo aus?«, fragte Lissy, als sie an dem Hauptkommissar vorbeitanzte.
»Meinetwegen«, japste Oberpichler, »aber erst nach dem nächsten Tanz.«

An der Bar tupfte sich der Hauptkommissar mit einem Taschentuch den Schweiß von der Stirn. Doch dann horchte er auf. »Ist das etwa ein Tango?«
»Keine Ahnung!«, entgegnete Lissy.
»Das ist nämlich mein Lieblingstanz!« Der Hauptkommissar stürmte auf die Tanzfläche. »Verflixt! Ich habe ja gar keine Tanzpartnerin!« Er schaute sich suchend im Saal um. Überall waren nur Paare. Oberpichler rannte zur Rezeption. Er hatte eine Idee.
»Meine liebe Frau Dick«, keuchte er atemlos.
»Ist etwas passiert, Herr Hauptkommissar?« Die dünne Frau Dick blickte von ihrem Kreuzworträtsel auf.
»Keineswegs. Oder doch ...« Oberpichler räusperte sich. »Möchten Sie mit mir Tango tanzen?«
»Gern.« Die dünne Frau Dick errötete. »Aber was mache ich mit dem Hotelsafe? Den kann ich nicht allein lassen, wenn so viele Gäste im Haus sind.«
»Papperlapapp!«, entgegnete der Hauptkommissar. »Wir werden doch noch einen Tango tanzen können, ohne dass gleich ein Verbrechen geschieht.« Der Hauptkommissar nahm die dünne Frau Dick bei der Hand und zog

sie auf die Tanzfläche. »Sie müssen führen!«, flüsterte Oberpichler seiner Tanzpartnerin ins Ohr.
»Mit dem größten Vergnügen«, entgegnete die dünne Frau Dick und schon schob sie den Hauptkommissar in rasantem Tempo über das Parkett. Andere Tänzer blieben stehen und klatschten Beifall, als das Paar an ihnen vorbeiwirbelte.
Nach dem letzten Takt eilte die dünne Frau Dick, gefolgt vom Hauptkommissar, sofort zum Hotelsafe. Er stand sperrangelweit auf und war …
»Leer!«, flüsterte die dünne Frau Dick fassungslos. »Jemand muss das Schloss aufgebrochen haben!«
»Herrje!« Der Hauptkommissar raufte sich die Haare. »Wir müssen sofort alle Zimmer durchsuchen«, entschied er. »Vielleicht hat der Dieb die Beute hier im Hotel versteckt.«
Per Funk forderte er weitere Polizisten an. Wenig später durchkämmten der Hauptkommissar und seine Leute jeden Winkel des Hotels. Doch selbst nach über einer Stunde hatte niemand auch nur den Hauch einer Spur gefunden.

Mira, Lissy und Paula standen am Fenster und schauten hinaus.
»Endlich hat es aufgehört, so heftig zu schneien«, sagte Mira. »Ich werde mich mal auf den Heimweg machen.«
»Stimmt, das war ja der reinste Schneesturm vorhin«, bestätigte Paula.
»Was sagt ihr da?« Lissy wurde plötzlich hellhörig.

Dann schlug sie sich mit der Hand an die Stirn. »Ich Esel, warum habe ich das nicht gleich gemerkt?«
»Was denn?«, fragte Mira und sah sich ängstlich um.
»Der Dieb hat die Beute bestimmt schon in Sicherheit gebracht«, erklärte Lissy. »Das muss ich sofort dem Hauptkommissar erzählen.«
»Moment mal«, sagte Paula. »Wie kommst du überhaupt darauf?«

Männer mit Bart

»Verflixt, hier ist die Diebesbeute auch nicht!«
Gedämpft erklang die Stimme des Hauptkommissars aus einer Schublade.
»Kommen Sie, ich muss Ihnen etwas zeigen!«, sagte Lissy.
Der Hauptkommissar zog seinen Kopf aus der Schublade und ließ sich von Lissy zum Fenster führen, wo Mira und Paula warteten.
»Schauen Sie mal raus!«, forderte Lissy ihn auf.
Der Hauptkommissar starrte auf die parkenden Autos.
»Wollt ihr mir etwa zu verstehen geben, dass der Dieb unter die Räder gekommen ist?«
»Nö, das nicht.« Lissy erklärte ihm, was sie herausgefunden hatte. »Jetzt müssen Sie nur noch feststellen, wem der Wagen gehört«, beendete sie ihre Beobachtung.
»Sie könnten zum Beispiel die Autonummer überprüfen«, schlug Paula vor.
»Oder die Fingerabdrücke vom Türgriff nehmen«, sagte Mira.
»Ich denke gar nicht daran.«
»Sie denken gar nicht daran?«, fragte Lissy. »Wollen Sie etwa Feierabend machen, jetzt, wo es spannend wird?«
»Blödsinn!« Oberpichler grinste. »Ich weiß nämlich, wer der Fahrer ist. Als ich mit dem Bus ankam, habe ich

beobachtet, wie er aus genau diesem Auto da gestiegen ist.«

Mira, Lissy und Paula schauten sich erstaunt an.

»Wie sah der Mann aus?« Lissy schlug ihren Notizblock auf.

»Er hatte einen Schnurrbart«, erinnerte sich der Hauptkommissar. »Oder war es ein Vollbart? Egal, er trug jedenfalls einen Bart.«

»War der Mann groß oder klein?«, fragte Mira.

»War er dick?«, wollte Paula wissen. »Oder dünn?«

Der Hauptkommissar kratzte sich am Hinterkopf. »Das habe ich ganz vergessen. Macht nichts, wenn er vor mir steht, erkenne ich ihn garantiert wieder. Was wir jetzt brauchen, ist eine gründliche Personenbefragung.«

Oberpichler schaute sich unter den Gästen um. Zwei Männer trugen einen Bart. Der Hauptkommissar winkte sie zu sich.

»Wo waren Sie heute Abend?«

»Wo wohl?«, entgegnete der eine Herr. »Hier im Hotel natürlich.«

»Ich war die ganze Zeit auf der Tanzfläche«, beteuerte der andere.

»Soso.« Der Hauptkommissar musterte die beiden Männer. Er kannte keinen von beiden. Oder?

»Sind Sie mit dem Auto hier?«, fragte Oberpichler die verdächtigen Bartträger.

Der eine Herr schüttelte den Kopf. »Ich bin leidenschaftlicher Spaziergänger und gehe immer zu Fuß.«

»Ich auch«, nickte der andere.
»Sind Sie öfter beim Ball der einsamen Herzen?«, wollte Oberpichler nun wissen.
»Nein, das ist das erste Mal«, antwortete der eine Herr.
»Aber ich!«, antwortete der zweite. »Tanzmusik ist meine größte Leidenschaft.«
»Geht mir genauso.« Oberpichler klopfte dem Mann auf die Schulter. »Sagen Sie, kennen Sie vielleicht noch andere Musikclubs hier in der Gegend?«
»Lassen Sie mich mal überlegen ...« Der Herr legte die Stirn in Falten. »Also, da wäre noch das *Roxy* und der *Goldene Tanzhirsch* und ...«
Der Hauptkommissar notierte sich eifrig die Namen.
»Der Mann lügt ja wie gedruckt«, flüsterte Paula Lissy und Mira zu.
»Das kannst du laut sagen«, flüsterte Lissy zurück.
»Besten Dank, meine Herren.« Der Hauptkommissar klappte seinen Notizblock zu. »Mehr Fragen habe ich im Moment nicht. Man sieht sich bestimmt demnächst auf der Tanzfläche!«
Paula zupfte den Hauptkommissar am Ärmel. »Einer der Herren war gar nicht die ganze Zeit im Hotel«, flüsterte sie.
»Tatsächlich?« Der Hauptkommissar schaute sich die beiden Befragten noch einmal genauer an. Plötzlich begriff er, was Paula gemeint hatte.
»Ähem ... hab ich doch gleich gesagt, dass ich den Kerl aus dem Auto wiedererkennen würde.« Er zog die

Handschellen aus der Hosentasche. »Sie sind festgenommen, wegen dringendem Tatverdacht, Sie Musikfreund, Sie.«
»Das ist doch lächerlich!«, entgegnete der Mann. »Sie haben nicht einen einzigen Beweis!«
»Wetten, dass wir den doch haben?«, grinste Lissy.

Eine kleine Spende

Munter plaudernd betraten Lissy und Mira den kleinen Frisörsalon. Lissy hatte eine Sammelbüchse in der Hand.

»Guten Tag«, begrüßte Mira den Herrn, der gerade das Geld in der Kasse zählte. »Wir sammeln für das gefährdete Alpen-Schneehuhn.«

Erschrocken blickte der Mann auf.

»Eine Spenden-Aktion des bekannten Vogelforschers Otto Schnaup«, erklärte Lissy. »Er hat sich bisher vor allem für Pfuhlschnepfen eingesetzt, Sie wissen schon, die Vögel, die hier am Strand leben. Aber die Lage der Schneehühner hat sich so verschlechtert, dass …«

»Schon gut, schon gut.« Der Herr nahm eine Zwei-Euro-Münze und steckte sie in Lissys Sammelbüchse.

»Vielen Dank!«

»Gern geschehen, und nun auf Wiedersehen!«

Mira und Lissy waren schon auf dem Weg hinaus, da drehte sich Mira noch einmal um.

»Sagen Sie, sind Sie hier der Frisör?«

»Na-natürlich bin ich das.« Der Herr schluckte. »Wieso fragst du?«

»So ein Glück!« Mira machte kehrt und nahm auf einem der Stühle Platz. »Ich brauche nämlich dringend einen Haarschnitt. Können Sie das nicht schnell erledigen?«

»Tut mir Leid«, entgegnete der Herr. »Aber es ist wirklich kein einziger Termin mehr frei.«
»Merkwürdig«, murmelte Lissy und spähte in den Kalender. »Für heute ist gar nichts eingetragen. Heute ist doch Mittwoch, oder?«
»Wie bitte?« Der Herr stürzte zum Kalender und begann hastig darin zu blättern. »Kein einziger Termin?«
Lissy nickte.
»Dann habe ich mich wohl geirrt.« Der Herr stand auf. »Einverstanden, ich schneide jetzt deine Haare. Hauptsache, es geht schnell.«
Suchend blickte er sich um.
»Ähm, hat eine von euch die Schere gesehen? Oder den Kamm?«
»Nö«, antworteten Lissy und Mira gleichzeitig.

»Dann gehe ich mal kurz auf die Suche, bin sofort wieder da.« Der Herr verschwand im Hinterzimmer.
»Der Typ macht ja einen ziemlich chaotischen Eindruck«, flüsterte Lissy. »Willst du dir wirklich von dem die Haare schneiden lassen?«
»Wieso denn nicht?«, entgegnete Mira. »Bei meinem Frisör muss ich ewig auf einen Termin warten.«
»Und ich darf jetzt hier anwachsen, während du deinen Haarschnitt bekommst, oder wie sehe ich das?«, maulte Lissy.
»Warum denn?«, erwiderte Mira. »Du kannst doch schon mal vorgehen.«
»Gute Idee!« Lissy nahm ihre Sammelbüchse und bewegte sich zur Tür. Doch dann machte sie eine wichtige Entdeckung. Leise pfiff sie durch die Zähne.
»Ich bleibe«, flüsterte sie ihrer Freundin zu. »Jedenfalls so lange, bis die Polizei da ist.« Dann zog sie ihr Handy aus der Hosentasche und wählte die bekannte Nummer.
Als kurz darauf der Herr mit Schere und Kamm aus dem Hinterzimmer kam, saß Mira wie versteinert im Stuhl. Beim nächsten Mal würde sie auf einen freien Termin bei ihrem Frisör warten anstatt sich die Haare von einem Ladendieb schneiden zu lassen. Das schwor sie sich. Gleichzeitig überlegte sie fieberhaft, was Lissy den entscheidenden Hinweis gegeben hatte.

Die Frisur
2001
Auszeichnung
Gisela
Grimm
Frisör
Salon
Gisela Grimm
Mittwochs
geschlossen
0,00
Frisuren 04
Frisuren 03
Frisuren 02
Frisuren 01

Verflixte Kiste

Spekulatius, Pfeffernüsse, Zimtsterne und Lebkuchen. Sam kramte die Rezepte aus einer Kiste hervor und heftete sie liebevoll an die Pinnwand in der Küche. Der Koch des Hotels *Seemuschel* konnte zwar Gerichte mit allen Raffinessen zubereiten, doch ohne eine Anleitung brachte er nicht einmal einen kalten Kakao zum Kochen. In diesem Moment steckte Lissy den Kopf in die Küche.

»Kann es losgehen mit der Weihnachtsbäckerei?«, fragte sie.

»Jederzeit!« Sam strahlte wie ein Honigkuchenpferd.

»Mit den Zimtsternen fangen wir an. Ich habe ein Rezept, das ist erste Sahne.«
»Sag, was soll ich machen?«, fragte Lissy.
»Augenblick.« Der Koch beugte sich nach vorne zur Pinnwand und studierte das Rezept. Er kniff die Augen zusammen und las: »Den Puderzucker steif schlagen, die Eiweiße mahlen und dann die Mandeln in der Rührschüssel verquirlen.«
Lissy ließ sich auf einen Stuhl plumpsen. »Kapierst du das?«
Sam starrte die Rezeptkarte an. »Nicht die Bohne!«
Er trat ein zweites Mal zur Pinnwand. Diesmal drückte er seine Nase direkt an das Rezept.
»Na also. Das ist doch klar wie Kloßbrühe!«
»Was denn?«, wollte Lissy wissen.
»Hör zu: Erst werden die Eiweiße steif geschlagen, dann wird der Puderzucker hineingerührt und schließlich werden die Mandeln gemahlen und hinzugegeben.«
»Könnte es sein«, grinste Lissy, »dass du eine Brille brauchst?«
»Eine Brille? Das ist doch Käse!«, sagte der Koch beleidigt. »Meine Augen funktionieren einwandfrei.« Dann nahm er den Schneebesen und schlug das Eiweiß. Lissy mahlte die Mandeln. Und schon bald hatten die beiden Weihnachtsbäcker einen wunderbaren Teig ausgerollt.
»So, die Zimtsterne können ausgestochen werden«, sagte Sam zufrieden.
Er öffnete die Küchenschublade.

»Wo ist bloß die sechseckige Sternenform?« Der Koch rieb sich die Augen. »Das kann doch nicht wahr sein!« Er steckte die Nase in die Schublade. »Habe ich Tomaten auf den Augen?«

Dann schaute Lissy in die Schublade.

»Das ist sehr verdächtig«, stellte sie fest. »Vielleicht wurde die Form gestohlen?«

»Oder«, seufzte der Koch, »wir brauchen beide eine Brille.«

Wo ist die sechseckige Sternenform?

Zucker
MEHL

Der Bote

Julklapp gehörte für Lissy und ihre Freundinnen zu Weihnachten wie der Schnee zum Winter. Im Hotel *Seemuschel* feierte man es so: Jeder Teilnehmer zog einen Zettel mit dem Namen einer Person. Für diese sollte ein kleines Geschenk besorgt werden. Heimlich schlich man sich in die Hotelhalle und hängte das Geschenk in den großen Weihnachtsbaum, der dort stand. Man durfte sich aber nicht erwischen lassen. Von wem welches Geschenk war, musste beim Julklapp geheim bleiben. Mindestens so geheim wie der Name der Person, die man gezogen hatte …

»Ich Pechvogel!« Paula stand auf dem Schulhof und hielt Mira einen kleinen Zettel unter die Nase. »Ausgerechnet Sams Namen ziehe ich beim Julklapp. Und dabei habe ich keine Ahnung, was ich ihm schenken könnte.«

»Was soll ich denn sagen«, antwortete Mira missmutig. »Ich habe die dünne Frau Dick erwischt. Zu der fällt mir erst recht nichts ein und übermorgen ist schon die Julklapp-Feier! Hoffentlich ist wenigstens Lissy bis dahin wieder gesund.«

»Stimmt, ohne sie wäre es nur halb so lustig«, sagte Paula und schnallte sich ihre Skier an. Seit drei Tagen lag Lissy nun schon mit Grippe im Bett.

»Bis morgen!«, rief Paula Mira zum Abschied zu und stieß sich kraftvoll mit den Skistöcken ab. »Und vergiss

nicht, mir zu sagen, was ich Sam schenken könnte, falls dir was einfällt!«
»Mach ich! Bis dann!« Mira winkte und stiefelte zur Bushaltestelle.

Am Nachmittag, Paula machte gerade Hausaufgaben, klingelte es. Vor der Tür stand Sam.
»Post von Lissy«, sagte er und drückte ihr einen Umschlag in die Hand.
»Oh, danke!« Paula betrachtete neugierig, was sie in den Händen hielt. »Geht es Lissy besser?«
»Sie sitzt im Bett und schreibt geheime Botschaften«, sagte Sam. »Und dann schmiert sie mir so viel Honig um den Bart, bis ich armes Würstchen bereit bin für sie den Boten zu spielen.« Der Koch schaute auf die Uhr. »Jetzt muss ich aber weiter und noch eine Botschaft für Mira überbringen. Auf Wiedersehen!«
»Tschüs, Sam. Und vielen Dank noch mal!« Paula öffnete hastig den Umschlag.

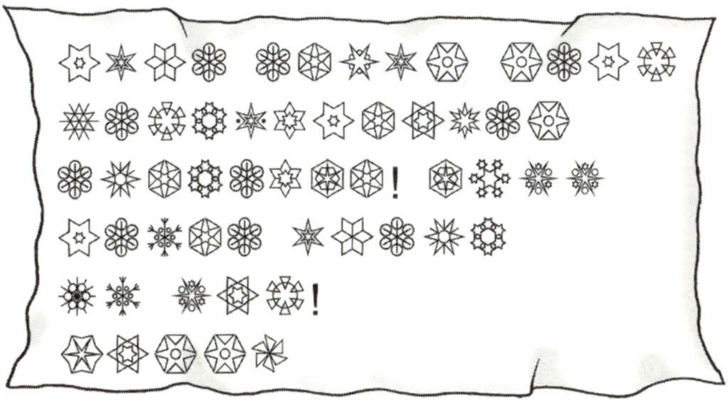

O Mann, das klang ja verflucht spannend! Paula konnte vor Aufregung nicht mehr stillsitzen. An Schularbeiten war jetzt natürlich nicht mehr zu denken. Sie zog sich ihre Turnschuhe an und joggte einmal um den Häuserblock, um sich abzulenken. Als sie zurückkam, stand Sam schon wieder vor ihrer Haustür.

»Nanu?«, wunderte sich Paula. »Hast du was vergessen?«

»Hier.« Der Koch zog eine zweite Botschaft aus der Manteltasche hervor. »Das soll ich dir auch noch geben. Bis zum nächsten Mal!«

Und schon war der Koch wieder verschwunden. Paula schaute ihm ratlos hinterher. Dann rannte sie in ihr Zimmer, öffnete den Umschlag und entzifferte auch diese Botschaft. Sie war sehr kurz.

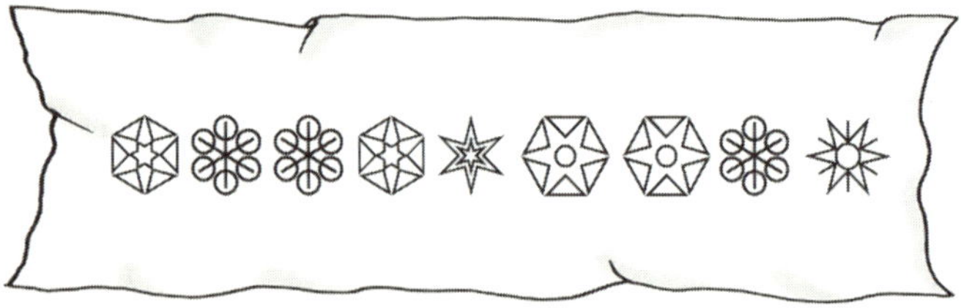

Paula las das Wort und kaute nervös an ihren Fingernägeln. Was sollte das bloß bedeuten? War es vielleicht ein geheimes Kennwort? So etwas hatten die Detektivinnen aus den Büchern auch immer. Um besser nachdenken zu können, machte Paula einen Kopfstand. Aber auch das half nicht. Sie stellte sich wieder auf die Füße.

»Genau genommen gibt es nur eine Möglichkeit, der Sache auf den Grund zu gehen«, sagte sie zu

sich selbst. »Ich muss sofort mit Lissy und Mira sprechen.«
Also schnallte Paula sich ihre Skier an. Bald darauf sauste sie durch die stille Dunkelheit. Der Schnee schluckte alle Geräusche, doch dadurch hörte Paula ihr Herz nur umso lauter klopfen.
Was stand in den beiden Geheimbotschaften?

Kennwort »Teetasse«

Lissy lag im Bett und hatte einen langen Schal um den Hals gewickelt. In den Tälern zwischen den Deckenbergen verteilten sich Wärmflasche, Gummibären, Fernglas, Halspastillen, Notizblock, diverse Krimis, Stifte, Digitalkamera und ein Fotoausdruck. Ungeduldig blickte sie auf die Zimmertür. Als sie sich endlich öffnete, traten beide Freundinnen gleichzeitig in den Raum.

»Schön, dass ihr da seid!«, krächzte Lissy.

»Hallo, kranke Kriminalkommissarin!«, begrüßte Mira ihre Freundin.
»Deine Botschaft war ja wahnsinnig aufregend«, sagte Paula. »Bist du auch sicher, dass es kein Fiebertraum war?«
»So sicher wie der Knastbruder im Kittchen.« Lissy setzte sich aufrecht hin und stopfte sich ein Kissen hinter den Rücken. Paula und Mira machten es sich, so gut es ging, auf ihrer Bettkante bequem.
»Also, das war so«, begann Lissy heiser. »Ich sitze gestern Abend am Fenster und schlürfe meinen Salbeitee. Der hilft übrigens total gut gegen Halsschmerzen.«
»Und weiter?«, drängte Mira.
»Dabei gucke ich hinaus und frage mich, warum Schnee eigentlich auch in der Dunkelheit so hell leuchtet«, fuhr Lissy fort.
Mira verdrehte die Augen, Paula trommelte ungeduldig mit den Fingern auf Lissys Bettdecke.
»Während ich überlege, lasse ich meinen Blick über den Garten schweifen. Und plötzlich entdecke ich etwas, das nicht ins Bild passt. Etwas, das ganz und gar nicht ins Bild passt.«
»Hat es vielleicht irgendetwas mit Teetassen zu tun?«, fragte Paula.
»Mit Teetassen? Wie kommst du denn darauf?«
»Keine Nebensachen jetzt«, forderte Mira. »Erzähl weiter, was dann passiert ist!«
»Also gut.« Lissy räusperte sich. »Ich mache natürlich

ein Foto. Reine Routine. Als angehende Kriminalkommissarin muss man schließlich Beweise haben.«
»Moment mal«, schaltete sich Paula ein. »Ich will erst wissen, was es mit diesen Teetassen auf sich hat. Das Wort stand nämlich in der zweiten Geheimbotschaft. Ist es vielleicht unser geheimes Kennwort?«
»Geheimes Kennwort?« Mira prustete los. »Mensch, das war mein Tipp für Sams Julklappgeschenk. Er sammelt Teetassen. Als Sam mir Lissys Nachricht brachte, ist es mir eingefallen. Ich habe es schnell aufgeschrieben und Sam gebeten dir die Nachricht auf dem Rückweg vorbeizubringen.«
»Verstehe.« Paula spürte, wie sie tomatenrot wurde. »Dann habe ich das wohl falsch verstanden!«
»Wieso eigentlich?«, krächzte Lissy. »Die Idee mit dem Kennwort ist doch genial! Wenn eine von uns das Wort ›Teetasse‹ benutzt, bedeutet es ›Gefahr‹. Wie findet ihr das?«
»Super!«, rief Paula.
»So machen wir das!«, sagte Mira.
Lissy griff nach dem Fotoausdruck. »Und nun zurück zum Foto. Seht ihr auch, was ich da sehe?«

Julklapp

»… konnte entkommen. Von der gestohlenen Halskette im Wert von dreitausenddreihundertdreiunddreißig Euro fehlt bisher jede Spur.«

Lissy schaltete das Radio aus. Dafür hatte sie jetzt keine Zeit, denn in der Hotelhalle sollte in wenigen Minuten der Julklapp beginnen. Und auch eine angehende Kriminalkommissarin wollte schließlich mal feiern. Zum Glück war heute der erste Tag, an dem sie wieder aufstehen konnte.

Lissy ging hinunter. Alle Gäste standen staunend um den geschmückten Weihnachtsbaum. Er reichte bis

zur Decke. Seine Äste bogen sich unter dem Schmuck und den vielen Geschenken. Auch unter und neben dem Baum lagen noch etliche hübsch verpackte Pakete. Das war ja schon fast wie Weihnachten!

»So einen schönen Baum hatten wir noch nie«, beteuerte die dünne Frau Dick wie alle Jahre wieder.

Lissy betrachtete die Tanne. Irgendetwas kam ihr merkwürdig vor.

»Ich bin ja so gespannt, was für ein Geschenk ich bekomme«, flüsterte Mira, die neben Sam stand.

Lissy zog ihren Notizblock hervor.

»Das Geschenk ist mir wurst!«, entgegnete der Koch. »Hauptsache, ich kann von den Schokokringeln naschen, die im Baum hängen. Sie zergehen einem wie Butter auf der Zunge.«

»Aber vielleicht bekommst du etwas Besonderes geschenkt«, sagte Paula entrüstet.

»Etwas Besonderes?« Der Koch seufzte. »Ich bekomme entweder einen Briefbeschwerer oder ein Stück Lavendelseife. Und das schon seit Jahren. Diese Sachen verschenke ich beim nächsten Julklapp natürlich weiter.«

Schon zum dritten Mal umrundete Lissy den Baum. Sie beäugte jeden Ast. Was war es bloß, was sie so stutzig machte?

»Liebe Gäste«, sagte die Hoteldirektorin, Lissys Mutter. »Ich freue mich, dass Sie alle da sind. Lassen Sie uns anfangen. Jeder darf sich jetzt das Geschenk aus dem Baum heraussuchen, auf dem sein Name steht. Viel Spaß!«

»Halt!«, rief Lissy. »Nichts anfassen!«

Die Gäste blieben wie versteinert stehen. Was sollte das bedeuten?

»Bin sofort wieder da!« Lissy flitzte die Treppe hoch und verschwand in ihr Zimmer. Einen Augenblick später kam sie mit einem Foto in der Hand zurück.

»An der Sache ist eindeutig was faul«, rief sie. »Schaut euch mal den Weihnachtsbaum an und vergleicht ihn mit dem auf diesem Foto. Ich habe den Baum erst gestern geknipst.«

Die Gäste lösten sich aus ihrer Starre und drängten sich neugierig um Lissy. Ihre Köpfe bewegten sich abwechselnd vom Foto zum Baum und vom Baum zum Foto.

»Wir hatten Besuch von einem Juwelendieb«, sagte Lissy. »Er hat seine Beute im Weihnachtsbaum versteckt und etwas vom Weihnachtsschmuck geklaut. Zehn Dinge sind anders.«

REZEPTION

REZEPTION

Umstellt!

»Fußspuren im Neuschnee unterscheiden sich grundlegend von Fußspuren im Tiefschnee.« Schon seit zwanzig Minuten hielt Kriminalbeamtin Herta Huber, Trägerin der Auszeichnung »Goldene Spürnase«, einen Vortrag über ihr Lieblingsthema.
Hauptkommissar Oberpichler stopfte sich einen Keks nach dem anderen in den Mund. Ihm war bereits übel. Gab es etwas Langweiligeres als Weihnachtsfeiern im Kollegenkreis? Seine Hand wanderte wieder zum Keksteller. Da klingelte sein Handy.

»Hauptkommissar Oskar Oberpichler«, nuschelte er mit vollem Mund. Schlagartig hellte sich seine Miene auf.
»Diebesbeute im Hotel *Seemuschel*? Komme sofort!«
Er wischte sich die Krümel vom Hemd und erhob sich.

»Verehrte Kollegen, ich muss zu einem Notfall! Zu dumm, dass ich jetzt den hochinteressanten Vortrag verpasse. Hilft aber alles nichts, Pflicht ist Pflicht.«

Der Hauptkommissar rauschte davon und stand zwanzig Minuten später in der Hotelhalle.
»Gut, dass Sie da sind, Herr Hauptkommissar«, begrüßte ihn die dünne Frau Dick. Sie hielt ihm einen Keksteller entgegen. »Möchten Sie einen zur Stärkung? Habe ich selbst gebacken.«
Oberpichler betrachtete widerwillig den Teller. Doch seine Hand griff bereits nach einem Keks. »Davon kann man ja gar nicht genug kriegen«, log er. Dann wandte er sich Lissy, Mira und Paula zu. »Wo ist die Diebesbeute?«
Die drei zeigten auf den Weihnachtsbaum.
»Die Kette ist also hier«, stellte Oberpichler fest. »Und der Dieb ist auf freiem Fuß.«
»Genau!«, bestätigte Lissy.
Der Hauptkommissar lächelte. »Das ist ja das reinste Krippenspiel, äh, Kinderspiel für einen alten Hasen wie mich. Ich lasse das Hotel von meinen Leuten umstellen. Wenn der Ganove die Kette holen will, läuft er der Polizei direkt in die Arme. Na, wie findet ihr das?«
»Erstklassig!«, sagte Lissy und auch ihre Freundinnen nickten anerkennend.
Sofort wählte der Hauptkommissar die Nummer der Polizeiwache, doch niemand meldete sich.
»Ach so, die sind natürlich alle bei der Weihnachtsfeier!

In Ordnung, ich fahre hin und alarmiere die Kollegen an Ort und Stelle. Bis später!«

Lissy, Mira und Paula setzten sich auf das Sofa in der Hotelhalle und warteten.
»Was hat Sam eigentlich zu den Teetassen gesagt?«, fragte Lissy plötzlich.
»Wieso?«, wunderte sich Paula. »Du weißt doch selbst am besten, dass wir die Julklappgeschenke noch gar nicht verteilt haben.«
»Er wird sich bestimmt über die Teetassen freuen.«
»Glaube ich nicht«, antwortete Paula. »Der ist doch nur auf diese Schokokringel aus.«
»Teetassen«, flötete Lissy. »Teetassen machen sich überall gut. Teetassen im Bücherregal, Teetassen auf dem Schreibtisch, Teetassen neben dem Bett und Teetassen auf dem Fensterbrett. Ist doch hübsch, wenn überall Teetassen stehen. Man kann Teetassen auch als Zahnputzbecher nehmen, Teetassen …«
»Was hast du denn plötzlich immer mit diesen Teetass…?« In dem Moment fiel bei Paula der Groschen.
Mira hatte es längst begriffen. Sie war hinausgeschlichen und wartete draußen auf die Polizei.
»Der Juwelendieb ist im Hotel«, flüsterte sie dem Hauptkommissar ins Ohr, als er endlich anrückte. »Kommen Sie unauffällig durch die Tür, dann zeige ich Ihnen, wo.«
Wo ist der Juwelendieb und wo haben ihn Lissy, Mira und Paula schon einmal gesehen?

Ski-Kurs mit Hindernissen

»Und immer schön locker in den Knien bleiben!« Frau Ude-Reis machte es ihren Skischülern in perfekter Haltung vor. »So!«

Lissys ehemalige Sportlehrerin war ein echtes Ski-Ass. Nicht umsonst hatte sie vor fünfunddreißig Jahren die Silbermedaille im Riesen-Slalom von Garnicht-Plattenküchen gewonnen. Die Medaille trug sie stets um den Hals.

»Ich bekomme bestimmt Muskelkater«, ächzte Lissy.

»Und ich ein Gipsbein«, befürchtete Mira. »Jedenfalls, wenn ich da runtermuss.«

»Es ist so weit. Ihr dürft jetzt den Abhang hinunterfahren«, verkündete Frau Ude-Reis. »Und ich warte hier oben auf euch!«

Paula sauste als Erste los. Zögernd setzten sich auch die anderen in Bewegung.

Frau Ude-Reis schaute auf die Uhr. Zwölf Uhr dreißig. Höchste Zeit für ein kleines Nickerchen. Sie schnallte ihre Skier ab und zog die Skistiefel aus. Dann fischte sie ihren Schlafsack unter einem Busch hervor, breitete ihn aus und schlüpfte hinein. Das war ihr Erfolgsrezept gegen das Altern: Nach nur fünfzehn Minuten Tiefschlaf fühlte sie sich frisch und erholt. Die Lehrerin seufzte tief und nickte ein. Ein freches Keckern erklang direkt neben ihrem Ohr. Frau Ude-Reis öffnete genervt ein Auge. Neben ihrem Kopf hüpfte eine Elster munter im Schnee.

»Sei still! Ich will schlafen!«

Die Elster keckerte.

»Verschwinde!«

Der Vogel flatterte auf den nächsten Baum.

»Keckeckeck!«

»Ruhe! Verflucht!« Die Lehrerin betrachtete die Elster wütend. Dann zog sie ihre Mütze über die Ohren und machte entschlossen die Augen zu. Endlich Stille. Frau Ude-Reis entspannte sich. Aber verflixt, der freche Vogel ließ einfach nicht locker. Jetzt pickte er sogar an ihrem Bein.

Frau Ude-Reis fuhr hoch.

»Das ist doch eine Unverschämtheit! Eine ungeheure Unversch…«

Frau Ude-Reis blickte erstaunt in die Gesichter ihrer

Skischüler, die um sie herumstanden und sie vorsichtig mit ihren Skistöcken antippten.
»Aufwachen, Frau Ude-Reis!«, rief Lissy. »Wir sind wieder da!«
»Verzeihung«, murmelte die Sportlehrerin und schälte sich aus dem Schlafsack. »Aber diese verflixte Elster hat mich einfach nicht schlafen lassen.«
Sie schaute an sich herunter.
»O nein, das darf doch nicht wahr sein! Meine Medaille ist weg! Jemand hat mich bestohlen!«
Paula, Lissy und Mira sahen sich an.
»Denkt ihr, was ich denke?«, fragte Lissy leise. Mira und Paula nickten.
»Schlage vor, wir suchen im Wald«, sagte Paula.
»In Ordnung«, nickte Lissy.
»Los geht's!« Plötzlich hatte Mira gar keine Angst mehr. Mutig stieß sie sich mit den Skistöcken ab.
Die anderen Skischüler und Frau Ude-Reis verstanden die Welt nicht mehr. »Kann mir jemand verraten, was die Mädchen ausgerechnet jetzt im Wald wollen?«, fragte die Lehrerin.
Wer von den dreien findet die Medaille?

Wünsch dir was!

»Den Teig rühren Sie bitte linksherum, so will es die Tradition.« Carola Clausen, die bekannte Fernsehköchin, schaute den Teilnehmerinnen ihres Kochkurses genau auf die Finger. Folgsam bewegten Lissy, Mira, Paula und die drei anderen Hobbyköchinnen den Holzlöffel gegen den Uhrzeigersinn.

»Die englische Küche ist völlig zu Unrecht verpönt«, dozierte Carola Clausen. »Dieser köstliche Plumpudding aus Rindertalg, Rosinen und Semmelbröseln beweist genau das Gegenteil.«

»Das glaube ich erst, wenn ich ihn probiert habe«, flüsterte Lissy. »Falls ich das überhaupt tun möchte.«

Mira betrachtete angeekelt den Teig. »Rindertalg, igitt.«

»Dieser Kochkurs ist die reinste Zeitverschwendung«, schimpfte Paula leise. »Warum sind wir nicht auf dem Rodelberg oder laufen Ski?«

Dabei wusste Paula ganz genau, warum: Sam zuliebe. In der Küche des Hotels *Seemuschel* gab Carola Clausen einen ihrer seltenen Kochkurse. Leider hatten sich aber nur drei Damen für den Kurs »Englische Weihnachtsküche für Anfänger« angemeldet. Deshalb hatte Sam Lissy und ihre Freundinnen dazu überredet, mitzumachen. Und das war nun der Lohn: englischer Plumpudding.

»Ausgezeichnet, der Teig ist nicht zu flüssig und nicht zu fest«, lobte Carola Clausen. »Zur Belohnung verrate ich Ihnen nun ein Geheimnis.«
Die Holzlöffel in den Rührschüsseln standen augenblicklich still.
»Wenn Sie eine Münze oder einen persönlichen Gegenstand in den Teig einarbeiten, können Sie sich etwas wünschen. Der Wunsch geht garantiert in Erfüllung.«
»Dann wünsche ich mir, dass der Kurs gleich zu Ende ist«, flüsterte Paula.
»Selbstverständlich muss der Wunsch geheim bleiben«, fügte die Kursleiterin hinzu.
»Und was mache ich, wenn ich einen großen Wunsch habe?«, fragte eine Dame. »Einen Lieferwagen etwa oder eine Heimsauna?«
Doch bevor die Kursleiterin etwas erwidern konnte, zückte die Dame ihr Portmonee.
»Ich hab's! Ich rühre einfach einen Geldschein in den Teig.«
»Lieber nicht.« Carola Clausen hob warnend eine Augenbraue. »Am Ende löst sich der noch auf, wenn der Plumpudding im Ofen backt.«
Die Dame steckte das Portmonee zurück. »Da haben Sie auch wieder Recht.« Dann löste sie kurz entschlossen ihren Ring vom Finger und warf ihn in die Rührschüssel. Mit einem leisen ›Plopp‹ versank er zwischen Rosinen und Rindertalg. Carola Clausen und die übrigen Kursteilnehmer machten große Augen.

»Das wird reichen«, sagte die Dame zufrieden. »Es ist ein echter Rubinring.«

»Schön!« Carola Clausen lächelte in die Runde. »Dann können wir den Plumpudding in den Ofen stellen und morgen, wenn er richtig ausgekühlt ist, können Sie Ihre Köstlichkeiten dann mit nach Hause nehmen.«

Während der Weihnachtskuchen im Ofen backte (er brauchte vier Stunden), lernten die Köchinnen viele weitere interessante Rezepte kennen. Nur Lissy schien nicht ganz bei der Sache zu sein. Immer wieder ließ sie ihren Blick durch die Küche streifen.

Als der Kurstag zu Ende ging, setzte sie sich auf einen Stuhl in der Nähe der Tür. Sie nahm ihren Notizblock aus der einen Hosentasche und ihr Handy aus der anderen.

»Warum ziehst du dich nicht an?«, fragten Mira und Paula. »Wir wollen doch jetzt auf den Rodelberg.«

»Reine Routine«, entgegnete Lissy. »Ich muss nur schnell noch Oberpichler anrufen, damit er die Diebin festnimmt.«

»Eine Diebin?«, fragte Mira. »Was wurde denn gestohlen?«

»Plumpudding mit Rubinringfüllung«, antwortete Lissy.

»Moment mal.« Paula verschränkte die Arme. »Du willst doch nicht etwa behaupten, dass der direkt vor unseren Augen gestohlen wurde?«

»Genau das«, grinste Lissy und wählte die bekannte Nummer.

Wie kommt Lissy darauf?

Rezepte

Alle Jahre wieder

»Christkind ahoi!« Die Heiligen Drei Könige blieben stehen. Sie waren angekommen. Im Stall zu Bethlehem, mitten auf der Bühne. Wie jedes Jahr in der Vorweihnachtszeit führten die Bewohner des Seemannsheims das Krippenspiel auf.

Der alte Nick, der früher als Kapitän auf allen Weltmeeren zu Hause gewesen war, spielte einen der drei Könige. Aus dem Seesack fischte er sein Geschenk für das Christkind heraus und hielt es feierlich in die Höhe.
»Hier hast du eine kostbare Perle. Sie soll dir Glück bringen.«
»Eine Perle?«, flüsterte Mira, die neben Lissy und Paula

im Publikum saß. »Ich dachte immer, die Heiligen Drei Könige schenken Weihrauch, Gold und Myrrhe.«
»Künstlerische Freiheit«, erklärte Lissy. »Diese Perle hat der alte Nick übrigens selbst aus der Südsee gefischt. Sie ist ungeheuer wertvoll, im Laden zahlt man dafür glatt fünftausend Euro.«
Mira und Paula schluckten.
»Ganz schön viel Geld für so ein kleines Ding«, tuschelte Paula.
»Von mir bekommst du einen Rettungsring«, sprach der zweite König und legte ihn in die Krippe.
»Und von mir eine Dose Schiffszwieback«, erklärte der dritte König. »Damit du was zwischen die Zähne kriegst. Ich meine, wenn du später mal welche hast.«
Die Sänger des Seemannschors schoben sich auf die winzige Bühne. Sie schubsten, drängelten und stießen sich die Ellenbogen in die Rippen, bis sie endlich alle an ihren Plätzen standen. Dann lächelten sie brav und stimmten ein weihnachtliches Seemannslied an.
Nun war der alte Nick mit einem Gedicht an der Reihe.
»Alle Jahre wieder kommt …«, begann er. »Heiliger Klabautermann!«
Einige Leute kicherten.
»Das gibt's doch nicht!«, rief der alte Nick. »Sie ist weg! Wie vom Meeresboden verschluckt.«
Er trat an die Krippe und warf alles hinaus, was darin war. Schiffszwieback, Rettungsring und die Babypuppe.
»Jemand hat meine Perle gestohlen!«

»Diese Schauspieler lassen sich echt was einfallen!«, rief Paula begeistert.

»Toll!« Mira klatschte. »Es wird ja richtig spannend!«

»Von wegen«, grummelte Lissy. »Das gehört überhaupt nicht zum Stück.«

Mira und Paula blickten ihre Freundin an.

»Du, du meinst«, stammelte Mira, »dass die Perle wirklich gestohlen wurde?«

»Erraten!«

»Aber wer sollte das getan haben?«, fragte Paula.

Lissy musterte misstrauisch alle Sänger und Schauspieler, die auf der Bühne standen. »Für eine angehende Kriminalkommissarin ist grundsätzlich jeder verdächtig.«

Mira machte ein erschrockenes Gesicht.

»Eins ist sicher«, stellte Paula fest. »Wo der Dieb ist, ist die Perle nicht weit.«

Doch wo ist der Dieb?

Überall Weihnachtsmänner

Die halbe Stadt schien an diesem Tag Weihnachtseinkäufe zu machen. Auch Lissy wollte Geschenke besorgen und war mit der Bahn aus dem kleinen Badeort angereist. Beladen mit schweren Einkaufstüten, Paketen und anderen unförmigen Gegenständen schoben sich die Leute durch die Fußgängerzone. Lissy ließ sich von der Menge vorwärts treiben. Plötzlich prallte sie gegen etwas.

»Hoppla!«, ertönte eine tiefe Stimme. »Mit den Gedanken ganz woanders?«
Lissy schaute auf. Vor ihr stand ein dickbäuchiger Weihnachtsmann und zwinkerte ihr verschmitzt zu.
»Ver-Verzeihung«, stotterte Lissy. Sie starrte den Mann mit der roten Knubbelnase und dem weißen Bart an. War der etwa echt?

Der Alte lächelte. »Frohe Weihnachten!« Dann tippte er sich an die Mütze und war in der Menge verschwunden.
»Blödsinn.« Lissy schüttelte sich. »Nur kleine Kinder glauben an den Weihnachtsmann.« Doch als sie weiterging, bemerkte sie plötzlich, dass an jeder Ecke und vor jedem Kaufhaus weißbärtige Männer in roten Mänteln standen und kleine Geschenkproben oder Prospekte verteilten. »Die sind ja überall!«, flüsterte Lissy verwundert.
Einer der Weihnachtsmänner benahm sich besonders auffällig. Hektisch durchkreuzte er die Menschenmenge. Offensichtlich verfolgte er einzelne Passanten. Zuerst eine ältere Dame, dann einen hageren Herrn und schließlich ein Pärchen, das einen Kinderwagen schob.
Bestimmt ist dieser Weihnachtsmann ein verkleideter Krimineller, überlegte Lissy und machte sich schnell ein paar Notizen. Dann pirschte sie sich von hinten an ihn heran. In diesem Moment drehte der Kerl sich um.
»Was machst du denn hier?«, fragte er.
»Was machen Sie denn hier?«, fragte Lissy verblüfft zurück.
»Verbrechensbekämpfung«, brummte der Weihnachtsmann alias Hauptkommissar Oberpichler. »An einem solchen Tag sind nämlich jede Menge Taschendiebe unterwegs. Als Weihnachtsmann getarnt kann ich ermitteln, ohne dass mich jemand erkennt.«
»Gar nicht übel!«, grinste Lissy.

»Man muss sich ja im Berufsleben immer wieder was Neues einfallen lassen.«
»Hilfe, Polizei! Hilfe!«, brüllte plötzlich jemand.
»Schnell, das ist mein Einsatz!«, rief Kommissar Oberpichler. Er und Lissy kämpften sich durch die Menschenmenge, bis sie vor dem Hilfesuchenden standen. Es war ein Weihnachtsmann, der bis eben mit seiner Band Weihnachtslieder gespielt hatte.
»Kann denn niemand die Polizei holen?«, jammerte der Mann. »Man hat mir meine wertvolle Trompete gestohlen! Ich bin Musiker!«
»Alles in Ordnung. Die Polizei ist schon da«, beruhigte ihn der Hauptkommissar und lüftete zum Gruß die Weihnachtsmannmütze.
»Sie?« Der Musiker betrachtete den Hauptkommissar. »Sie wollen mich wohl veräppeln.«
»Wieso?«
»Schauen Sie sich doch mal an. Sieht so etwa ein Polizist aus?«
»Sie behaupten doch auch, dass Sie Musiker sind, obwohl Sie ganz offensichtlich ein Weihnachtsmann sind.«
»Das ist mein Kostüm, Sie Armleuchter.«
»Armleuchter?« Der Hauptkommissar holte seinen Notizblock hervor. »Beamtenbeleidigung ist strafbar!«
»Moment mal«, fiel Lissy ihm ins Wort. »Nehmen Sie bitte erst den Dieb fest. Später können Sie dann weiterstreiten. Der Gauner ist ganz in der Nähe.«
»Wo?«, fragten die beiden Weihnachtsmänner wie aus einem Munde.

Eine geniale Idee

Lissy saß schon seit Stunden am Schreibtisch und überlegte, was sie ihrer Oma auf die Weihnachtskarte schreiben sollte. Fröhliche Weihnachten und ein gutes neues Jahr? Alles Gute zum Weihnachtsfest? Bleib im nächsten Jahr gesund und munter? Lissy schüttelte den Kopf. Zu langweilig. Solche Sätze standen auf jeder zweiten Karte. Eine Kriminalkommissarin drückte sich geheimnisvoll aus oder versteckte wenigstens ein paar Hinweise in ihren Sätzen. Reine Routine. Nachdenklich kaute Lissy an ihrem Bleistift. Hinweise? Gute Idee. Aber welche? Sie schaute zum Fenster hinaus, als würde die Antwort da draußen zwischen den tanzenden Schneeflocken aufleuchten. Aber das Einzige, was da bald leuchten würde, wäre der Mond. Jedenfalls wenn sie noch weitere drei Stunden überlegte. Da klingelte das Telefon.

»Hallo?«

»Hier ist Paula. Was machst du gerade?«

»Ich schreibe Weihnachtskarten. Aber mir fällt nichts ein.«

»Dir fällt nichts ein? Schreib doch einfach: Fröhliche Weihnachten und ein gutes neues Jahr.«

»Nicht schon wieder!«

»Alles Gute zum Weihnachtsfest?«

»Ach nein.«

»Bleib im nächsten Jahr gesund und munter?«

»Bloß nicht!«
»Etwas anderes weiß ich im Moment auch nicht. Willst du vorbeikommen? Dann trinken wir einen heißen Kakao und überlegen zusammen.«
Lissy strahlte. »Das ist meine Rettung! Bis gleich!«

Kurze Zeit später saßen die beiden Freundinnen am Schreibtisch und ließen die Köpfe rauchen. Sie tranken zwei Liter heißen Kakao und verzehrten sämtliche Weihnachtskekse. Aber Einfälle hatten sie keine.

»Ich verstehe das nicht«, stöhnte Lissy. »Es muss doch möglich sein, eine nette Weihnachtskarte zu schreiben.«
»Wir sind eben mehr fürs Praktische«, tröstete Paula. »Wie man eine originelle Weihnachtskarte schreiben soll, ist mir das reinste Rätsel.«
»Rätsel?«, fragte Lissy. »Sagtest du eben Rätsel?«
»Genau! Es soll ja Leute geben, die gerne Postkarten schreiben, auch aus dem Urlaub und zu allen Gelegenheiten. Also, das kann ich echt nicht begreifen.«
»Ich auch nicht. Aber die Idee mit dem Rätsel ist absolut spitze!«
»Welches Rätsel?«
»Unser Weihnachtsrätsel«, grinste Lissy. »Mir ist da gerade was Gutes eingefallen.«
Nachdem Lissy Paula ihre Idee erzählt hatte, machten sich die Freundinnen erneut an die Arbeit. Sie zeichneten, schrieben und bastelten. Plötzlich ging alles ganz leicht. Im Nu lag eine Weihnachtskarte vor ihnen, die sich auch bei Kriminalkommissarinnen sehen lassen konnte. Die Frage war nur: Konnte sie sich auch lesen lassen?
Was steht auf der Weihnachtskarte?

1 = L

~~S~~, 3 = M

,

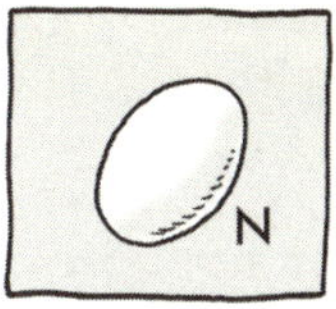

4 = Z

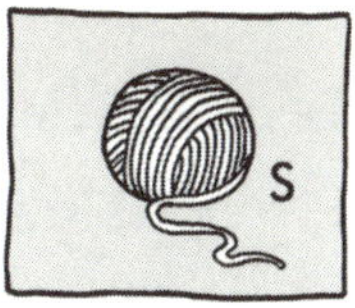

W = T

1 = F

~~H~~

R = L

~~K~~, 4 = B

–

~~H~~

–

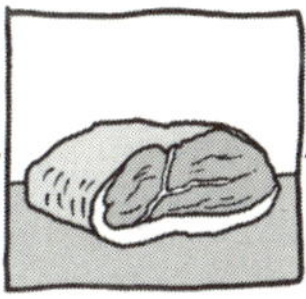

~~1~~, 4 = E, ~~6~~, ~~7~~, ~~8~~

–

K = H

~~H~~

2 = I, L = M

–

WÜNSCHT DIR DEINE LISSY!

Unheimlich heimlich

»Frau Dick, Sie haben ja Geschenkband im Haar.« Lissy stand vor der Rezeption und betrachtete die Hotelangestellte.

»Tatsächlich?«, fragte die dünne Frau Dick. »Ist mir völlig schleierhaft, wie es dahin gekommen ist.«

Lissy konnte sich ein Grinsen nicht verkneifen. Das war schon die siebenundachtzigste Lüge an diesem Tag. Einen Tag vor Weihnachten taten alle Leute unheimlich heimlich. Verstrickten sich in abenteuerliche Ausreden und benahmen sich höchst verdächtig. Lissy schrieb auf ihren Notizblock, was sie beobachtet hatte. Das Dumme war nur, dass selbst die geheimsten Heimlichkeiten völlig harmlos waren. Echte Kriminalfälle waren in letzter Zeit wie ausgestorben. Und was war das Leben ohne eine heiße Spur? Todlangweilig! Lissy seufzte und ließ den Notizblock in der Hosentasche verschwinden.

»Hallo zusammen!« Hauptkommissar Oberpichler spazierte in die Hotelhalle. »Schönes Wetter heute!«

»Herr Hauptkommissar!« Die dünne Frau Dick zupfte sich unauffällig das Geschenkband aus den Haaren. »Was führt Sie zu uns?«

»Nichts, nichts«, beteuerte der Hauptkommissar. »Ich war rein zufällig in der Gegend und da dachte ich, Oskar, warum schaust du nicht mal im Hotel *Seemuschel* vorbei?«

Lissy holte den Notizblock wieder hervor und malte

eine große Achtundachtzig. Für die achtundachtzigste Lüge. Weshalb der Hauptkommissar wirklich in das Hotel gekommen war, konnte ja selbst ein Kleinkind erkennen. Dann schlenderte sie zur Hotelküche.

»Hallo, Sam, wie geht's?«
»Das Fest ist in aller Munde und ich muss noch sämtliche Rezepte ausprobieren«, erzählte der Koch. »Ich koche, brate und backe von früh bis spät.«
»Was hast du da eigentlich unter dem Geschirrhandtuch?«
»Unter dem Geschirrhandtuch?« Der Koch stellte

schnell einen großen Topf davor. »Überhaupt nichts, nur einen, äh, Hefeteig, der ruhen muss.«
»Neunundachtzig«, murmelte Lissy halblaut.
»Und was macht eine Kriminalkommissarin so in den letzten Stunden vor dem Fest?«, fragte Sam.
»Sich langweilen«, seufzte Lissy. »Selbst die Gelegenheitsgauner scheinen mit Weihnachtsvorbereitungen beschäftigt zu sein. In letzter Zeit passiert rein gar nichts. Nicht das klitzekleinste Verbrechen.«
»Es gibt nun mal Tage, die sind sauer wie Zitronen«, sagte der Koch. »Aber sag mal, hast du Gilbert gesehen?«
»Den Kellner?«, fragte Lissy und zog sofort ihren Notizblock aus der Tasche. »Ist er verschwunden?«
»Es ist schon seltsam.« Sam fuhr sich nachdenklich über den Bart. »Er wollte sich in seinem Zimmer einschließen, um ungestört seine Geschenke einzupacken. Aber das war gestern Abend und heute ist er nirgends aufgetaucht.«
»Der Sache werde ich gleich auf den Grund gehen«, grinste Lissy. »Bis später!«
Lissy lief zu Gilberts Zimmer und rüttelte an der Türklinke. Abgeschlossen. Dann ging sie in die Hotelhalle und befragte die Gäste. Aber niemand hatte den Kellner gesehen. Das war ja sehr mysteriös! Lissy blätterte in ihrem Notizblock. Wo die dünne Frau Dick, der Hauptkommissar und Sam geschwindelt hatten, hatte sie schnell herausgefunden. Aber jetzt hatte sie das dumpfe Gefühl, etwas Wichtiges übersehen zu haben. Bloß was?

Gilbert
Milch

Frohes Fest!

Erst als Lissy das ganze Hotel durchsucht hatte, fiel es ihr wieder ein. Sie rannte zurück zu Gilberts Zimmer. Richtig! Der Schlüssel steckte außen. Wie konnte sich da der Kellner eingeschlossen haben? War er vielleicht gar nicht im Hotel? Lissy warf einen Blick auf die Garderobe. Nein, dort hing sein Mantel. Lissy zupfte sich nachdenklich am Ohrläppchen. Da stimmte doch was nicht!
Egal, jetzt würde sie erst mal im Zimmer nachsehen. Lissy drehte den Schlüssel und öffnete die Tür. Das Zimmer war leer. Eine angehende Kriminalkommissarin schaute trotzdem überall nach. Unter dem Bett, unter dem Teppich und hinter der Gardine. Reine Routine.
»Hatschi!«
Lissy blieb ruckartig stehen. Das Niesen kam aus dem Kleiderschrank! Sie öffnete ihn.

»Du?«

Gilbert grinste sie verlegen an. »Das ging viel schneller, als ich gedacht habe!«

»Was ging schneller?« Lissy verschränkte die Arme.

Gilbert stieg aus dem Schrank. »Dass du mich gefunden hast. Dieses blöde Niesen hat mich verraten. Dabei habe ich mich nur versteckt, weil wir dir eine Freude machen wollten.«

»Eine Freude machen? Wer? Wieso? Warum?«

»Na ja, der Chef und ich. Wir wollten dir die Wartezeit auf Weihnachten verkürzen. Da kam Sam auf die Idee, sich einen kleinen Extra-Fall für dich auszudenken«, sagte Gilbert kleinlaut.

»Ist ja interessant.«

»Tja, und dann haben wir diesen Plan ausgeheckt. War doch klar, dass dir die Sache mit dem Schlüssel auffallen musste.«

»Das war alles Absicht?«

Gilbert nickte. »Wir konnten ja nicht ahnen, dass du nicht mal eine halbe Stunde brauchst.«

»Dann war das also auch kein wirkliches Verbrechen«, sagte Lissy leise. »Tja, trotzdem vielen Dank. War nett gemeint!« Sie steckte ihren Notizblock in die Hosentasche und ging in ihr Zimmer. Es war Zeit für einen Kriminalkommissarinnenurlaub. Und Zeit für Weihnachten.

Endlich war es so weit. Am nächsten Abend saß Lissy neben Paula und Mira an der großen Tafel. Wie in jedem

Jahr gab es im Hotel *Seemuschel* für die besten Freunde und nettesten Gäste ein großes Weihnachtsessen. Und danach wurden die Geschenke ausgepackt.

»Ist alles in Ordnung mit dir?«, fragte Paula ihre Freundin Lissy.

»Wieso?«, entgegnete sie.

»Du hast gar keinen Notizblock dabei und deine Lupe sehe ich auch nirgends.«

»Alles bestens, ich mache nur ein paar Tage Urlaub«, erklärte Lissy.

»Aber danach sind wir doch wieder im Einsatz, oder?«, fragte Paula.

»So sicher wie der Knastbruder im Kittchen«, antwortete Lissy.

»Was meint ihr?«, fragte Mira. »Werden wir im neuen Jahr auch wieder so viele Fälle lösen?«

Lissy nickte heftig. »Auf jeden Fall!«

»Übrigens ...«, Paula hatte plötzlich etwas bemerkt. »Ich glaube, aus dem Urlaub wird nichts. Guckt euch doch mal um.«

»Sieht ganz so aus, als wären echte Kriminalkommissarinnen immer im Einsatz«, stellte Mira fest.

»Schon gut!« Lissy lachte. »Schauen wir uns den Fall also näher an. Was ist hier passiert?«

Herr Pichler
Frau Dünn

Lösungen

Seite 10

Eingeschneit

Der geflügelte Drache wird von einem Schneemann verdeckt.

Seite 14

Vielfraß auf freiem Fuß

Verfolge die markierte Spur!

Seite 18

Geheimnisvoller Schneeball

Die Geheimbotschaft lautet:

An Lissy
Kommst du mit uns auf den Weihnachtsmarkt?
Morgen um drei Uhr.
Mira und Paula

Seite 22

Inkognito

Zwischen den Weihnachtsmännern ist ein Schokoladenosterhase versteckt. Außerdem höchst verdächtig: der Lieferwagen der Confiserie Niedermeyer mit der Aufschrift »Frische Schoko-Osterhasen«.

Seite 26

Wer hat den schönsten Weihnachtsgarten?

Das riecht nach Bestechung! Im Auto des Preisrichters befindet sich ein Geschenk der Grützmachers mit der Botschaft »Vielen Dank für den ersten Platz!«.

Seite 30

Aufs Glatteis geführt

Die elegantesten Schleifen dreht die Eisläuferin mit dem gestreiften Pullover.

Seite 34

Seemannsgarn

Wäre der alte Nick ein Landei, dann wüsste er diese drei Tatsachen:

1. Laubbäume verlieren schon im Herbst ihre Blätter.
2. Schwalben ziehen im Winter fort.
3. Igel halten Winterschlaf.

Seite 40

Lieber guter Nikolaus

May Wen-Yu gehören die Ballerinas mit dem Rosenmuster.

Cliff Eastcoast trägt gewöhnlich Cowboystiefel.

Die Gummistiefel gehören dem Angler Rudolf Riesebieter.

Brigitta Battermann hat ihre rutschfesten Golfschuhe für den Nikolaus geputzt.

Die hochhackigen Tanzschuhe hat Karolina Knöbel vor die Tür gestellt.

Margarete Gerken gehören die Reitstiefel.

Tim Knaak trägt am liebsten normale Halbschuhe.

Und die Sportschuhe gehören Lissy.

Seite 44

Eine feine Dame

Wenn man die Papierschnipsel aneinander legt, liest man folgende Nachricht:

Weißt du auch, wann das Treffen stattfindet? Am gleichen Tag! Das erkennst du, wenn du einen Blick auf den Kalender wirfst, der auf dem Schränkchen steht.

Seite 48

Auf nach Dunkeldorf!

Wo ein Schornstein raucht, müssen Menschen sein. Das hat Lissy messerscharf erkannt.

Seite 52

Leer!

Wie die Spuren zeigen, handelt es sich um einen Dieb mit nur vier Fingern.

Seite 56

Süße Spuren

Einer der drei Männer hat nur vier Finger. Es handelt sich hier also zweifelsfrei um Karlo Karlsbad und seine Schoko-Bande.

Seite 62

Gefährliche Bastelstunde

Wäre Lissy auch nur eine Sekunde später in das Zimmer gekommen, hätte das Papier angefangen zu brennen.

Seite 66

Ein Tango mit Folgen

Anders als die anderen Autos ist der Wagen mit dem Kennzeichen LIS-AX 227 nicht total eingeschneit. Der Wagen kann also erst nach dem Diebstahl dort abgestellt worden sein.

Seite 70

Männer mit Bart

Unter den Schuhen des Herrn bilden sich Pfützen. Er muss also zwischenzeitlich draußen gewesen sein.
Guck dir doch mal das Bild am Anfang des Kapitels »Ein Tango mit Folgen« an. Erkennst du den Mann wieder?

Seite 74

Eine kleine Spende

Lissy hat das Schild in der Tür entdeckt: Der Salon ist mittwochs geschlossen. Außerdem ist der Besitzer des Ladens in Wirklichkeit eine Frau. Auf dem Fenster steht: Frisörsalon Gisela Grimm.

Seite 78

Verflixte Kiste

Zum Glück ist diesmal nichts gestohlen worden. Die sechseckige Sternenform liegt in der Schublade.

Seite 82

Der Bote

Die erste Geheimbotschaft an Paula lautet:

Habe etwas sehr Verdächtiges entdeckt!
Komm heute Abend zu mir!
Lissy

Das steht in der zweiten Geheimbotschaft:

TEETASSEN

Seite 86

Kennwort »Teetasse«

Hinter den drei Tannen ist der Schattenriss eines Einbrechers zu erkennen.

Seite 90

Julklapp

Diese zehn Unterschiede gibt es:

Seite 94

Umstellt!

Der Mann hinter der Säule hat haargenau das gleiche Profil wie der Schatten, den Lissy im Garten beobachtet hatte.

Seite 98
Ski-Kurs mit Hindernissen
Mira ist die Glückliche, die das Elsternest mit der Medaille entdeckt. Den Weg dahin findest du, wenn du dir die Zeichnung anschaust. Wusstest du übrigens, dass Elstern eine Vorliebe für alles Glänzende haben?

Seite 102
Wünsch dir was!
Im Backofen müssten sechs Plumpuddinge backen, dort sind aber nur fünf zu sehen. Wo der gestohlene Plumpudding ist, erkennst du auf der Zeichnung.

Seite 106

Alle Jahre wieder

Dieser Sänger war's! Seine Matrosenmütze ist so merkwürdig ausgebeult, weil er darunter die kostbare Perle versteckt hat.

Seite 110

Überall Weihnachtsmänner

Dieser falsche Weihnachtsmann trägt gerade die gestohlene Trompete fort. Man sieht es an der Form des Weihnachtssackes.

Seite 114

Eine geniale Idee

Das hat Lissy geschrieben:

Liebe Oma, ein ganz tolles Fest und viele Lebkuchenherzen und Zimtsterne wünscht dir deine Lissy!

Seite 118

Unheimlich heimlich

Lissy hat sich Folgendes notiert:

Im Regal hinter der Rezeption hat Frau Dick Geschenke versteckt, die sie kurz zuvor verpackt hat.

Der Hauptkommissar ist natürlich nicht zufällig ins Hotel gekommen: Er will der dünnen Frau Dick ein kleines Präsent überreichen.

Sam hat versucht seine Geschenke unter Geschirrhandtüchern und unter der Kommode zu verbergen.

Aber: Gilbert soll sich eingeschlossen haben? Draußen steckt doch noch der Schlüssel! Das hat Lissy glatt übersehen.

Seite 122
Frohes Fest!
Wenn du dir das Bild genau anschaust, erkennst du, dass beim Tischdecken einiges schief gelaufen ist.